快樂獅子王

編輯序

當孩子不愛讀書……

慈濟傳播人文志業出版部

親師座談會上，一位媽媽感嘆說：「我的孩子其實很聰明，就是不愛讀書，不知道該怎麼辦才好？」另一位媽媽立刻附和，「就是呀！明明玩遊戲時生龍活虎，一叫他讀書就兩眼無神，迷迷糊糊。」

「孩子不愛讀書」，似乎成為許多為人父母者心裡的痛，尤其看到孩子的學業成績落入末段班時，父母更是心急如焚，亟盼速速求得「能讓孩子愛讀書」的錦囊。

當然，讀書不只是為了狹隘的學業成績；而是因為，小朋友若是喜歡閱讀，可以從書本中接觸到更廣闊及多姿多采的世界。

問題是：家長該如何讓小朋友喜歡閱讀呢？

專家告訴我們：孩子最早的學習場所是「家庭」。家庭成員的一言一行，尤其是父母的觀念、態度和作為，就是孩子學習的典範，深深影響孩子的習慣和人格。

因此，當父母抱怨孩子不愛讀書時，是否想過──

「我愛讀書、常讀書嗎？」

「我的家庭有良好的讀書氣氛嗎？」

「我常陪孩子讀書、為孩子講故事嗎？」

雖然讀書是孩子自己的事，但是，要培養孩子的閱讀習慣，並不是將書丟給孩子就行。書沒有界限，大人首先要做好榜樣，陪伴孩子讀書，營造良好的讀書氛圍；而且必須先從他最喜歡的書開始閱讀，才能激發孩子的讀書興趣。

根據研究，最受小朋友喜愛的書，就是「故事書」。而且，孩子需要聽過一千個故事後，才能學會自己看書；換句話說，孩子在上學後才開始閱讀便已嫌遲。

美國前總統柯林頓和夫人希拉蕊，每天在孩子睡覺前，一定會輪流摟著孩子，為孩子讀故事，享受親子一起讀書的樂趣。他們說，他們從小就聽父母說故事、讀故事，那些故事不但有趣，而且很有意義；所以，他們從故事裡得到許多啟發。

希拉蕊更進而發起一項全國的運動，呼籲全美的小兒科醫生，在給兒童的處方中，建議父母「每天為孩子讀故事」。

為了孩子能夠健康、快樂成長，世界上許多國家領袖，也都熱中於「為孩子說故事」。

其實，自有人類語言產生後，就有「故事」流傳，述說著人類的經驗和歷史。

故事反映生活，提供無限的思考空間；對於生活經驗有限的小朋友而言，通過故事可以豐富他們的生活體驗。一則一則故事的累積就是生活智慧的累積，可以幫助孩子對生活經驗進行整理和反省。

透過他人及不同世界的故事，還可以幫助孩子瞭解自己、瞭解世界以及個人與世界之間的關係，更進一步去思索「我是誰」以及生命中各種事物的意義所在。

所以，有故事伴隨長大的孩子，想像力豐富，親子關係良好，比較懂得獨立思考，不易受外在環境的不良影響。

許許多多例證和科學研究，都肯定故事對於孩子的心智成長、語言發展和人際關係，具有既深且廣的正面影響。

為了讓現代的父母，在忙碌之餘，也能夠輕鬆與孩子們分享故事，我們特別編撰了「故事home」一系列有意義的小故事；其中有生活的真實故事，也有寓言故事；有感性，也有知性。預計每兩個月出版一本，希望孩子們能夠藉著聆聽父母的分享或自己閱讀，感受不同的生命經驗。

從現在開始，只要您堅持每天不管多忙，都要撥出十五分鐘，摟著孩子，為孩子讀一個故事，或是和孩子一起閱讀、一起討論，孩子就會不知不覺走入書的世界，探索書中的寶藏。

親愛的家長，孩子的成長不能等待；在孩子的生命成長歷程中，如果有某一階段，父母來不及參與，它將永遠留白，造成人生的些許遺憾——這決不是您所樂見的。

推薦序一

小露珠

黃秋芳（作家，黃秋芳創作坊負責人）

連續在九歌年度童話選中發現〈海星郵票〉、〈失去聲音的腳印〉、〈小號角貝殼〉，初識陳一華，覺得這個童話作家很特別，好像有一種力量，在混亂的現實社會裡，透過字紙，綿細而堅韌地捕捉出一種小小的溫暖、小小的力量。

然後開始注意她在《國語日報‧兒童文藝》一系列的「詩一般的童話」，確實如詩一般，短短的，淡淡的，在馨芬素白中，凝斂地收納著快樂、幸福、甜蜜、悲傷、疼痛、惆悵……以及各種各樣未說盡的千言萬語。

這樣的文字，當然預告著並不平凡的人生密度。童年的憂傷際遇，成長的流離失所，病痛的生死折磨，交會在陳一華的身世故事裡；可是，她從來都不願意躲進黑暗。

任何時候，她都把編織文字當作幸福許諾。陽光、月夜、小蟲、果實、蛋糕、禮物、音符、唱歌、飛行、美麗、自由……這些「甜蜜小東西」，都是她文字裡慣常出現的素材。就好像她手裡有一支童話精靈的「仙女棒」，可以把人世間的失落，透過更多的音聲色彩，寫出更美麗的期待嚮往；透過「小號角貝殼」，牽繫情纏溫厚；甚至連可怖的化療過程，都被她轉化成「奇木爺爺」的故事，為更多的愛與想像，守候希望。

希望，也一直和陳一華相隨。編選年度童話選的編者徐錦成，在她的文字裡發現光亮；初相知，隨即面對生死別離，徐錦成自願無酬進行陳一華童話稿的發表與整理。榮總社工師許靖敏，陪她走過最後兩年，見證她在病痛苦悶中的美麗與浪漫；《

輕鬆學作文——基礎作文法寶》的作者黃蕙君，在對照陳一華「滄桑而憂苦的一生」和「美麗而甜蜜的故事」時，認真面對她自己的書寫志業，並且下定決心：「我一定要好好活著；一定要在活著的時候，出版一本大家都喜歡的童話集。」

好好活著，每一分鐘都用心，每一個轉折都發亮！這是陳一華的文字，以及她那短暫卻溫暖的人生帶給我們最深切的生命刻印。

常常，想起「陳一華」這個名字時，腦海裡浮起黃蕙君寫的這篇童話〈小露珠〉：

大雨才剛停，月亮就迫不及待從家裡輕輕探出頭，為整片天空塗上一層淺淺的、檸檬黃顏色，原本黑漆漆的湖邊，開始有了一抹淡淡的亮光。

這時，一朵湖邊的玫瑰花，發現自己的葉子上，不知何時多了顆正在微笑的小露珠。那是一朵既驕傲又沒有耐心的玫瑰花；在她眼中，除了看見自己的美麗，其他的，什麼都不屑看，也不想看。所以，當她發現這個不速之客時，立刻尖著聲音問：「妳是誰？又是誰准許妳待在我身上的？」

小露珠沒聽見玫瑰花說的話，只是盯著鮮紅色花瓣，好想好想變成一朵花，一朵像玫瑰花一樣漂亮的花。她開心地讚歎著：「妳的樣子，真的好美好美呵！」

忽然，一陣大風吹來，小露珠順著風飛呀飛呀，最後落在像鏡子一樣平的湖面上，身體立刻散開成一朵透明的水晶花，一束檸檬黃月光剛剛好灑落在水晶花瓣上，襯著月光，水晶花看起來一閃一閃，亮亮黃黃的，美麗極了。水晶花那樣的美！瞬間讓眼裡從來就看不見別人的玫瑰花，也不禁驚歎：「真的，好美！」

小露珠好開心哪！

雖然小露珠知道，自己再也變不回原來圓潤、晶瑩剔透的樣子，但是她好開心；

因為，就在碎成一點一點的同時，她也變成了一朵染著檸檬黃的水晶花，一朵被玫瑰稱讚的、好美好美的花……

在文學世界裡，有很多豔紅的玫瑰花；有的才華洋溢，有的著作等身，有的得遍大獎，有的暢銷書海，還有一些出身世家、名校……在這座璀璨耀目，光華動人的華麗花園裡，陳一華靜靜地畫、靜靜地寫，像一顆正在微笑的小露珠；她的光焰華彩，全都迸現在生命最後的這兩本童話集裡。

點亮純真美好，照見甜蜜嚮往，至於那些拼湊不齊的生平故事，早就碎落在流光海洋中。

這多像一則短短的童話故事呢！我們每一個人，都被拋擲在這無邊涯的生命之海，浮沉、磨難，掙扎著浮出水面，發出瞬間的亮光。小美人魚化成泡沫，映現陽光七彩；小露珠碎成細屑，搖曳出月光花的水晶光澤。陳一華呢？把一世的痛苦、無奈，都淨化成讓人安定又安心的，永生的溫暖。

推薦序二

陳一華其人其作

徐錦成（國立高雄應用科技大學文化事業發展系助理教授）

陳一華，本名陳壹華，台灣台北人，一九五二年八月十九日生。二〇〇六年五月十二日，因癌症病逝於台北榮總大德安寧病房，享年五十四歲。

陳一華生前從未出過書、從未得過文學獎。依文學界的慣例，很難稱這樣一個人為作家；因此，陳一華的去世，在台灣文壇未泛起絲毫波瀾。事實上，陳一華也幾乎不與文壇人士來往。要描述這樣一位辭世作家，我們只能透過有限的文獻及她幾位朋友的資料提供，拼湊出如下的樣貌——

陳一華出生於台東。養父過世後，曾隨養母、繼父搬至高雄。讀過兩年國小，之後便輟學，未再接受正規教育。大約九歲時搬到台南東山鄉。她的青春時期做過些什麼事，並不清楚；只知道她上台北，學過畫，參加過寫作班，也在大學旁聽或參加外面不少課程，廣泛接觸哲學、宗教、音樂、戲劇、舞蹈。她喜歡唱歌、跳舞、演戲，會不少樂器，也在合唱團好一段時日，並在才藝班教過兒童畫。

二〇〇〇年，陳一華得知自己罹患癌症。大約同一時期，她開始創作童話，並向《國語日報》等媒體投稿。

二〇〇三年九月到二〇〇四年三月，是陳一華童話創作豐收的季節。《國語日報．兒童文藝版》以「詩一般的童話」為專欄名稱，半年內密集刊出二十篇陳一華童話。恰巧二〇〇三年九歌首度出版《年度童話選》，陳一華以〈海星郵票〉一篇入選《九十二年童話選》。之後的《九十三年童話選》以〈失去聲音的腳印〉入選及

《九十四年童話選》以〈小號角貝殼〉入選，陳一華均未缺席。二〇〇六年七月，天衛文化一次推出四本《二〇〇〇～二〇〇三年臺灣兒童文學精華集》，陳一華更以〈春風裡的秋千〉、〈七彩星星〉、〈海星郵票〉等三篇，分別入選二〇〇〇、二〇〇二、二〇〇三年作品。以一位未出書的作者而能獲年度文學選集如此青睞，在台灣文學界堪稱異數。

在九歌版《九十三年童話選》中，陳一華曾自述：「寫『詩一般的童話』專欄時，我病得很嚴重，寫完即住進醫院，住了好長一段時間，在生死一線間掙扎。童話陪伴我，讀、寫的愉悅，讓我忘記病痛，忘記病房黯沉的氣氛。感謝上天的恩寵，我又能夠繼續讀書、畫畫、寫童話。」從這段自述中，可以看出陳一華對於生命、閱讀、繪畫、寫作的珍惜與喜愛。

陳一華自二〇〇四年六月首度住進台北榮總；期間因病情反復，幾度進出。榮總曾於二〇〇六年三月二十八日至四月十一日在醫院文化走廊為陳一華舉辦過一次畫展，那是她生前唯一一次畫展。二〇〇七年七月十三至二十六日，陳一華的第二次畫展在台北社教館展出兩週；不過，這時她已過世一年了。陳一華生前未與畫壇往來，在畫壇毫無名氣。她所留下的近百幅畫作的價值，仍等待有心人發掘及肯定。

陳一華的童話，如今終於由慈濟傳播人文志業基金會出版。可以預料，陳一華其人其作將在台灣童話史上留下深刻的痕跡。

附記：本書的三十則「給小朋友的貼心話」均由青年作家賴育靖小姐執筆，謹此說明並致謝。

目錄

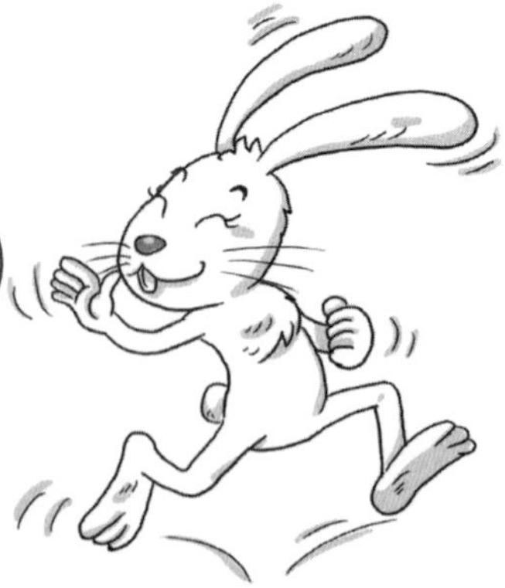

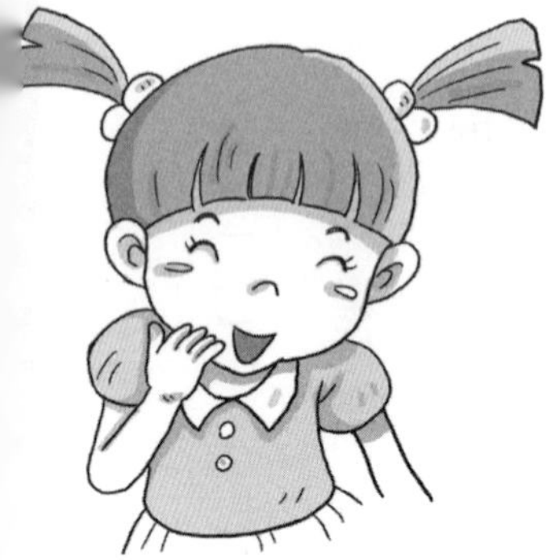

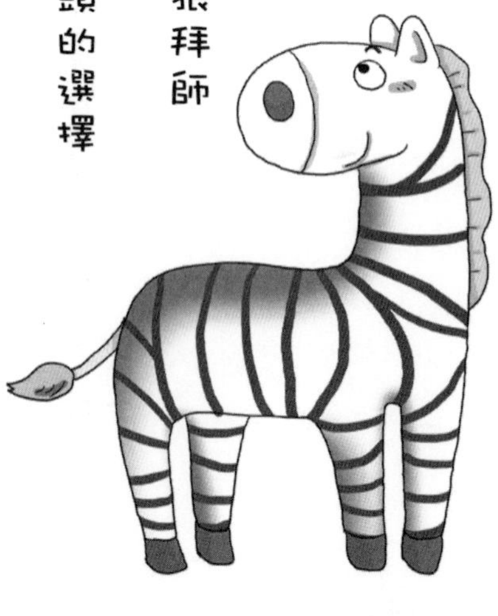

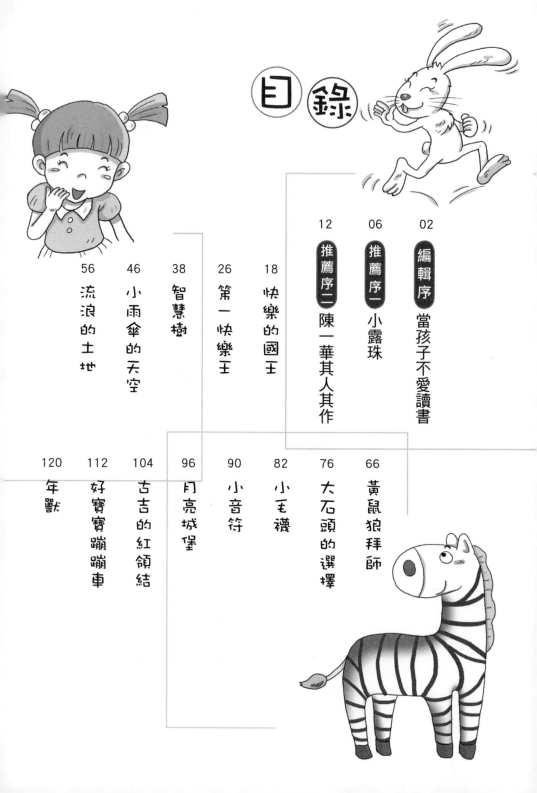

快樂的國王

獅大王照了照鏡子，對於自己的裝扮很滿意。牠今天特別把頭上的毛髮噴上髮膠，然後一根根往外梳張開，像一朵盛開的向日葵。他覺得，這樣看起來比較有大王的威嚴，表示他當大王當得很稱職，而且很快樂。

他今天要去照相。森林的居民們說，現在是民主時代了，不能老是獅子當大王；他們要辦一次選舉：誰最快樂，誰就當國王，森林裡所有的居民都可以參選。

選舉委員會主席山羊說，選舉之前，參選的人必須到貓頭鷹那兒照一張宣傳的相片。

貓頭鷹的門前排了好多人，有長頸鹿、猴子、變色龍、大蜘蛛、孔雀……

「獅大王，快來排我前面。」

猴子禮讓著。

「別忙，我排後面就好了！」獅大王咧嘴微笑，一副很開心的樣子，其他人也都笑咪咪的。

貓頭鷹拿著相機，喀嚓喀嚓的不停拍著；參選者一個個都擺出最快樂、最親切的姿勢及笑

容，心裡想著：我最快樂了！我一定會當選！

一張張照片隨後便熱烘烘的出爐了，山羊請大夥兒來看照片。

大家都高高興興的來了。先看到自己照片的長頸鹿大叫起來：「天哪！我的兩隻腳不見了！」他的嗓門提高了八度。

「我的手呢？怎麼削去了一隻？」猴子的照片裡，帥挺的燕尾服少了一隻袖子，猴子不禁尖叫著跳起來。

大蜘蛛看不見身體，孔雀的顏色黯然無光；至於獅大王呢，媽媽咪呀！他那威武的頭，有一半消失在框框外面，向日葵只剩下半朵。

「這……這是什麼呀？」獅大王吼了起來，「這……我怎能拿出去給人家看啊？」

每個候選人的臉色都很難看，只有變色龍瞅著他的照片出神。「嘖！嘖！以前怎麼不知道我穿黑衣服這麼好看，好穩重呵！」變色龍被拍成黑白照，尾巴也不知跑哪兒去了。「現在才知道，我以前多麼花俏。」

變色龍愛不釋手，興高采烈的說：「貓頭鷹先生，你的技術真棒！」

當大家一邊埋怨貓頭鷹、一邊吵著要重拍的時候，山羊說話了。

「各位，選舉結束了，所以也就不必再拍了！」

所有參選者都瞪大了眼睛，一副莫名其妙的樣子。

「這次的選舉規定：誰最快樂，誰就是國王。我們請貓頭鷹故意把你們的照片拍壞，來看你們的反應；結果，只有變色龍處之泰然，高興的接受他的新樣子。我們想，他一定能夠帶領我們，快樂的改變不好的及不快樂的模樣。所以，他就是森林的新大王。」

森林居民恍然大悟，隨即高聲歡呼：「變色龍！變色龍！新國王萬歲！」

給小朋友的貼心話

一向是獅子稱王的森林，動物們為什麼要改選大王呢？變色龍為什麼能夠當選？

小朋友，你覺得什麼時候最快樂呢？不管遇到什麼樣的事，都要處之泰然去面對呵！

第一快樂王

變色龍做了「快樂大王」之後，大家有事都喜歡找他；獅子只好卸下「大王」的頭銜，每天無所事事。

為了參加變色龍的慶祝舞會，獅子又梳了一個向日葵似的造型；當時他急著要出門，糊里糊塗拿起罐子就往頭上噴；沒想到，他拿的是強力固定劑，不是髮膠。這一固定就定型了，到現在還挺有型的！

有一天，他出門時，斑馬走過來說：「獅大哥，你忙啊？」

「沒事，沒事。」

「要不要找個事做做？」斑馬停下來。

「挺好的主意耶！可是……我只做過大王……」

「我就是要介紹你去當大王。」

獅子的興致來了，當大王他最在行，趕忙說：「好啊！好啊！」

斑馬說：「『牛哞哞披薩大王』想找人來扮大王，做宣傳廣告；獅大哥你的樣子滿適合的，而且又做過大王……」

聽來好像很有趣的樣子，獅子馬上就答應了。

「牛哞哞披薩店」找了設計師孔雀，設計了好幾個披薩大王的造型。其中一個是把獅子向日葵似的毛髮，給畫上許多蔬菜水果；鼻頭是一朵草菇，火腿成為嘴巴，耳朵是兩個青辣椒。

獅子的披薩大王模樣很吸引人，大家看了廣告單，全湧進了牛哞哞的披薩店；「我要墨

西哥的大王披薩！」「我要夏威夷……」「我要……」

店裡一下子擠滿了客人，牛哞哞笑得合不攏嘴。大家都說，廣告單上的披薩大王非常可愛，森林居民都很喜歡。

不久，他就紅透了半邊天，大大小小的商品都來找他代言，他便成了許多不同種類的大王，像是蔥油餅大王、椰子大王、甚至木瓜牛奶大王……

有一天，快樂國王變色龍請獅子吃飯。

「獅大哥，你現在比我這個快樂國王還要快樂了！」

「哈哈！」獅子大笑著說，「你知道我當了多少個大王嗎？當然很快樂嘍！」

「所以，我想請你來當我們的『第一快樂王』，並請孔雀為你做造型。」

做了那麼多種大王，獅子覺得「第一快樂王」對他來講最名副其實了。他在鏡子前面做了好多好多表情。

「這樣很好，我再幫你妝扮妝扮！」孔雀說。

獅子的特別模樣不僅製成標誌，還拍了電視廣告和報紙廣告。

變色龍國王為了要把快樂的種籽散播出去，舉行了一個為「第一快樂王」加冕的慶祝會，慶祝會完畢還有花車遊行。這是森林的嘉年華會，家家戶戶都設計了一部花車參加遊行。

像是猴子的花車，用各種水果堆疊成水濂洞，洞口一排小水柱不斷往下流；有人舀一口嘗嘗看，竟然是可樂。

長頸鹿的車上坐著一隻可愛的小鹿斑

比，沿路放聲高歌。仔細看清楚，車子是用樹葉和鮮花做的，充滿濃濃的花香。

還有，老鼠的花轎、兔子的蘿蔔糕搖搖船……每一部都令人歎為觀止。

「第一快樂王」獅子的花車最花俏，一個個不同的大王造型裝飾著整個花車，看得森林居民們樂歪了，覺得讓獅子當「快樂王」的

確沒錯。

走了一陣子，忽然下起雨來了，大夥還是興高采烈的繼續繞著森林走了好幾圈，才意猶未盡的各自回家。

獅子全身淋得濕漉漉，洗過澡後便拿起吹風機吹毛髮；奇怪的是，他那洗過千萬遍都硬邦邦的毛髮，竟然萎謝般癱軟下來，而且掉得滿地都是。他嚇壞了，這麼一直掉，豈不馬上掉光光？他連忙去找狒狒醫生。

狒狒醫生仔細診斷後說：「你以前不太快樂，長出來的毛髮不健康，快樂的因子使

你那些不好的毛髮掉光。」

「那怎麼辦呢？」獅子縮皺著臉。

「別擔心，快樂的因子會讓它慢慢長回來。」

狒狒開了一些藥給獅子，「你拿回去擦擦看。」

獅子擦了一陣子，頭頂越擦越亮，連一根毛也沒長。這副模樣哪能繼續當「第一快樂王」？他決定辭掉「第一快樂王」的工作。

「當『第一快樂王』不一定要有頭

髮。」變色龍對他說。

「可是……我現在這個樣子……」獅子懊惱的說。

「你這樣子很有特色啊！」

「特色？」

「對呀！你見過光頭的獅子嗎？」

「沒見過……」獅子摸摸頭頂說。

「我請孔雀幫你設計，再加強造型。」

「獅大王……」孔雀說，「你光頭的樣子也很迷人，有電燈泡公司和水晶公司找你做代言人

呵！」

「真的嗎？」獅子恢復了元氣，精神奕奕的說。

獅子好高興，覺得自己的光頭超時髦，每天快樂的去拍廣告。

過了一段時間，獅子真的又長了一頭漂亮的毛髮。快樂因子真的生效了！

給小朋友的貼心話

獅子不當森林大王後，當起了各式各樣的大王，過得比以前更快樂了。小朋友，這也是一種處之泰然、隨遇而安的態度呵！

班長、隊長、校長、甚至總統，都會不斷換人做。有人因下台而忿忿不平、鬱鬱寡歡；獅子大王下台後卻能繼續保持快樂，因此為他自己贏得好人緣和許多代言的機會。你會選擇哪一種態度呢？

智慧樹

糖娃村有個種樹人，長得又醜又駝，人家都叫他駝子阿洛。

最近，阿洛每天呆坐在門檻上，瞧著拿斧頭、扛大鋸的村人匆匆的來來去去。

「阿洛啊！這麼難得的發財機會，你怎麼坐在那兒發呆呢？」鄰居問他。

「我難過啊！那些樹……」阿洛不快樂的說。

原來，村長唯一的女兒阿娃，長到十八歲了仍然是個傻子。村長很著急，找來算命師想辦法。

算命師花了好長的時間，看清了水晶球裡的影像說：「有一種紅色樹心的樹，它的葉子加上清晨的第一滴露水，照著滿月時的月亮光華，搾成汁後服用一百天，再請最優秀的老師來教導，阿娃自然會變得聰明伶俐。」

「但是，」算命師接著說，「有智慧的人才能找到這棵樹。」

這種樹長什麼樣子，沒有人知道。村長只好貼布告，找到樹的人，賞黃金百兩；不過，他沒告訴大家有智慧的人才找得到。

糖娃村的人們開始瘋狂砍樹；短短的時間裡，糖娃村附近的樹木幾乎砍伐殆

盡，還是沒找著有紅色樹心的樹。

這天晚上，阿洛睡覺的時候做了一個夢。一個綠鬍鬚、綠頭髮的老人對他說：「阿洛啊！我是智慧樹精，有很多樹因為我而被砍；為了救剩下的那些樹，你把我帶去給村長吧！我就是你家後院那三棵老

樹裡的其中一棵。」

阿洛醒來，不敢確定是真是假；可是，他仔細看了三棵枯樹，卻看不出任何紅葉。就在他垂頭喪氣的坐在樹下、看著在枝頭嘰喳吵得熱鬧的雀鳥時，瞥見一絲紅光閃晃在雀鳥的尖喙上。

阿洛再度爬上中間的那棵

老樹，果然看見一片紅艷艷的小樹葉，從腐朽的樹皮後面探出頭來。

阿洛去見村長，村長卻不相信又駝又醜的阿洛有本事找到智慧樹。

他到阿洛家一看，真的發現從紅樹心長出了紅葉。村長連忙叫家丁把樹移植到他家花園，派人特別照顧；不久後，紅葉竟然長滿枝幹。

「要不要把百兩黃金發給阿洛？」管家問村長。

村長有點後悔；百兩黃金耶！真捨不得就這麼送給駝子阿洛。

他找個藉口說：「誰曉得是不是真的智慧樹？先給他個工作再說吧！」

於是，阿洛被安排在村長家當園藝工人。

阿娃吃了加上清晨第一滴露水和月亮光華的紅葉汁之後，真的變得聰慧伶俐，讀起書來一點即通。

村長不得不相信這是真的智慧樹了，覺得很是懊惱。忽然，他想起算命師的話，便又想出一個難題。

「我還是不太相信你。」村長說，「如果智慧樹真是你找到的，你一定很有智慧，所以我要考考你。」

　　村長找來管家和長老，要他們祕密討論：目前糖娃村最需要做的事是什麼？然後寫在紙上密封。

　　要是阿洛說的答案相同，百兩黃金就是他的；若是不一樣，表示他說謊，就將他趕出村子。

　　阿洛想了想，他是個種樹人，那些光禿禿的山林，讓他好難過。他便告訴村長：「我認為，我們村子應該立刻做的事就是種樹。」

　　管家打開密封的答案，白紙上寫著兩個大字：「種樹」。

　　村長沒話說了，只好給阿洛百兩黃金。阿洛就用這百兩黃金，請了好多人幫忙種樹。

給小朋友的貼心話

為什麼糖娃村的人們突然砍起樹來？為什麼村長不把百兩黃金給阿洛？

故事中的阿洛，因為有一顆愛惜生命與不計較的善心，最後總算實現了心願。小朋友，你覺得從哪裡看得出他的智慧呢？

小雨傘的天空

下雨天，小花傘一大早就被小主人吵醒；她的小主人是個可愛的小女孩。

出門的小主人，把小花傘那綴滿粉紅、淺藍、鵝黃花朵的大蓬裙撐得圓圓的，好似芭蕾仙子足尖踮立，翩翩迎風起舞。

沿路上，一把把不同色彩的傘，快樂的陪伴在主人身旁，擺出優雅的姿勢向小花傘問好，小花傘也點頭回禮。

經過洋娃娃店時，櫥窗內的各式娃娃對她們招手。

「我想看娃娃。」小主人彷彿說給小花傘聽。推門進了店裡，她收攏小花傘的蓬蓬裙，讓她等在門邊。

「好多可愛的娃娃……」小主人說著。

一會兒，雨停了，小女孩心滿意足的走出店門。

小花傘看著小主人漸漸消失的身影，慌了手腳——小主人竟把她給忘了。

不知過了多久，雨又開始下起來，小花傘孤單的等在娃娃店門口。

忽然，一個大男孩緊緊抓起她；「還好，有這把小傘。」

大男孩手中提的便當盒、水壺，「匡當、匡當」的打在小花傘身上。

大男孩走起路來，踩得泥水四處迸射；有些濺噴到小花傘，花裙子髒了一大片。

陌生的道路和景物，讓小花傘感到心慌。這時，大男孩進入一幢

大樓，地上凌亂的鞋印從門口排到電梯前。他丟下小花傘，空出手去按電梯鈕。

小花傘踉蹌幾下，才扶著牆壁站穩。電梯門一打開，男孩馬上一頭衝入，門便關了起來。小花傘雖然脫離便當盒、水壺的攻擊，卻又落單了。

她想起小主人，恐怕再也見不到她了……小花傘眼淚才冒出眼眶，電梯門再度開啟，一個漂亮的女孩匆匆跑了出來。

「糟糕，下雨了！」女孩趕忙回到電梯前，一眼瞥見小花傘，欣喜的說：「咦？怎麼有把小花傘被丟在這裡？有

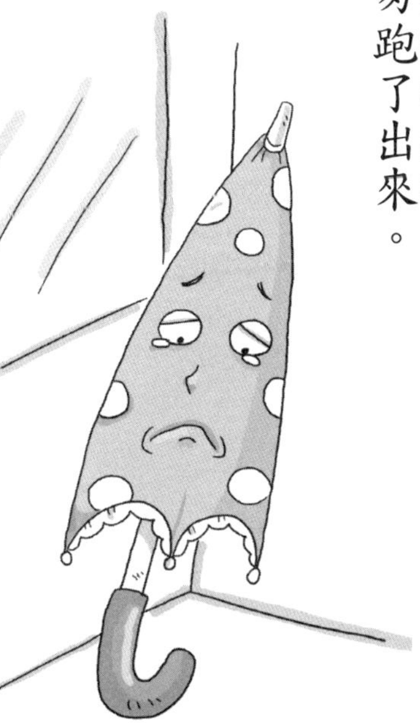

了妳，我就不會遲到了。」

女孩揮手招呼計程車，偏偏每部車都載著客人急馳而過。「怎麼辦！我的第一次約會要遲到了！」

看見女孩擔憂的樣子，小花傘很希望能幫她忙；還好，一部空車隨即停在她面前。

總算鬆了一口氣，小花傘靠在車座旁。「快點！快點！」女孩催促著司機，似乎已經忘記小花傘的存在。

計程車停在一家百貨公司門口，女孩開門衝了出

去。

小花傘從車窗瞧見女孩急急奔向一個英俊的男孩，心裡很是替女孩高興；不過，她竟然又被忘在車裡了！

雨越下越大，一位老先生鑽上車，頭髮跟衣服都濕淋淋的。

「請快些送我去醫院。我太太受傷了！」

老先生面露不安，小花傘碰到他滴水的衣角，擔心他也要生病了。藉著車的震動，小花傘碰碰老先生的衣角。

「這一把小傘是你的嗎？司機先生。」

「不是，可能是客人忘了帶走的。」

「我出門時，就是忘記帶傘。」

「你拿去用好了！也不知道是誰的。」

小花傘和老先生一塊下車，幫老先生擋了一小段路的雨水。

「你怎麼趕來了？只是手腕有點脫臼而已啦！」老太太看見老先生，開心的笑了。

「百貨公司人好多。」老先生邊說邊從紙袋掏出一個包裝精美的小禮盒，「慶祝一下吧，結婚四十年嘍！」

老太太笑得更開心；「下次我們一起去買禮物吧！哎呀！你的衣服都濕了。」

「還好，後來有這把傘。」

被特意提起，小花傘覺得不好意思，心裡卻有一種說不出來的快活。

大男孩急著回家才粗魯；漂亮女孩擔心第一次約會遲到，才匆匆忙忙；最高興的是，老先生和老太太訂下一起買禮物的約會。他們都在小花傘的陪伴下，及時做了要做的事。

這是多麼新的生活體驗呀！小花傘好快樂，不同的人、不同的故事，這種經

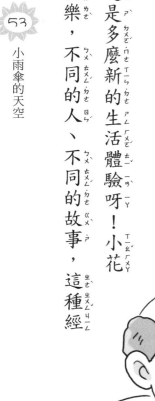

歷忙碌又有趣。

老太太出院的時候，老先生把小花傘放在「良心傘」的桶子裡面，沒有帶回家。

小花傘不再難過，反而熱絡的去認識其他夥伴，跟他們交換經驗。

沒多久，小花傘又被握在一個胖媽媽的手裡。她抱著興奮的心情，準備好好體會另一段嶄新的故事。

給小朋友的貼心話

小朋友，你有沒有丟過傘的經驗呢？不管去到哪裡，都要隨時注意隨身攜帶的東西還在不在唷！

每個人的生活都不一樣；你知道你身邊的人們有哪些故事嗎？

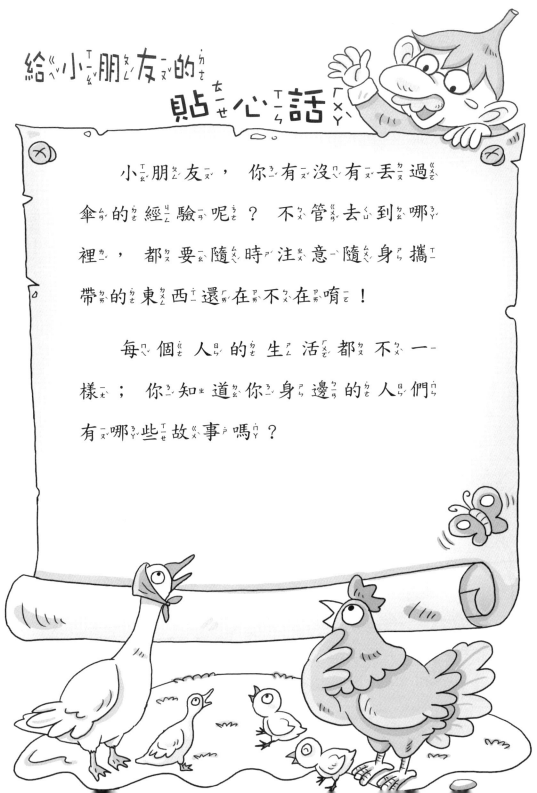

流浪的土地

千百年來，土地阿泥和同伴們相親相愛的住在一座山林的身畔。

樹林連著原野，連著阿泥的懷抱；他的懷抱裡有好多植物在搖曳、好多動物在跳躍奔逐。他們說：「阿泥，你的

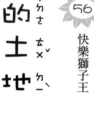

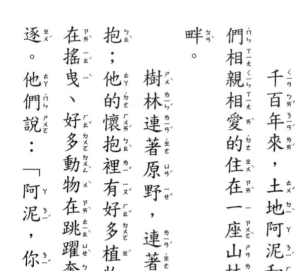

懷裡真舒服。」

阿泥微微笑，慈愛的看著在他懷裡的所有動物及植物，這些就像是他的孩子。

突然，山裡傳來軋軋的巨大聲響，驚起一群鳥雀四下飛竄；大家的目光都轉向那片樹林，只見越來越多樹木被人類砍伐，而轟然倒下。

阿泥和他的孩子們都嚇呆了。他們驚惶的望著傾倒的樹木全被人類載走，山坡裸露出一塊一塊的傷疤，醜陋的揭開在天地間。

白雲姑娘看得緊繃著臉，很不開心；她想到以前美麗的風景，越想越難過，眼淚不禁一滴一滴往下掉，越哭越傷心，大把淚水嘩啦啦的灌入山嶺、滲入地面，匯成水流。

阿泥受傷而鬆軟的土壤和石塊，跟著水流往山腳衝去，滾滾的濁黃泥水推拉著阿泥；阿泥一面忍著傷痛抵抗水流，一面伸出雙手去護住他的孩子。

不知漂流了多久，水流的速度變得比較緩和。阿泥發現他已經離開家很遠，陌生的環境讓他不安，不知水流會把他和孩子們送到什麼地方去？

漂流了一陣子，他們從大河流進了小溪；空氣逐漸清新，一片平原呈現在面前。

「救命啊……救命啊……」突然，一個細微的求救聲從水中傳來。

大家都睜大眼睛，找尋聲音的來源。過了片刻，一株濕淋淋的小油菜花浮上岸，趴在阿泥的懷裡喘氣；大家圍上前去

關心，看她有沒有受傷。

「謝謝你們，我太不小心了！」小油菜花吐出一口水，「你們看到的那一大片土地，全被泥漿覆蓋了。我也全身都是泥，還被捲入水中，幸好碰上你們。」

「你就跟我們走吧！」阿泥說。

「你們去哪兒？」

「跟著水流，找一個可以住下來的地方。」

「不要！我不想離開這裡！」小油菜花急忙站起來說，「我的家園很美

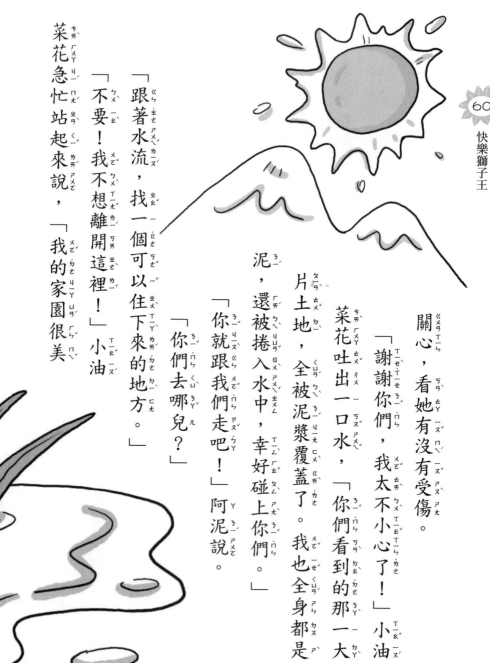

麗的，等泥漿乾了……」

「泥漿什麼時候會乾？」阿泥吸口氣，望了望陽光下的山脈問。

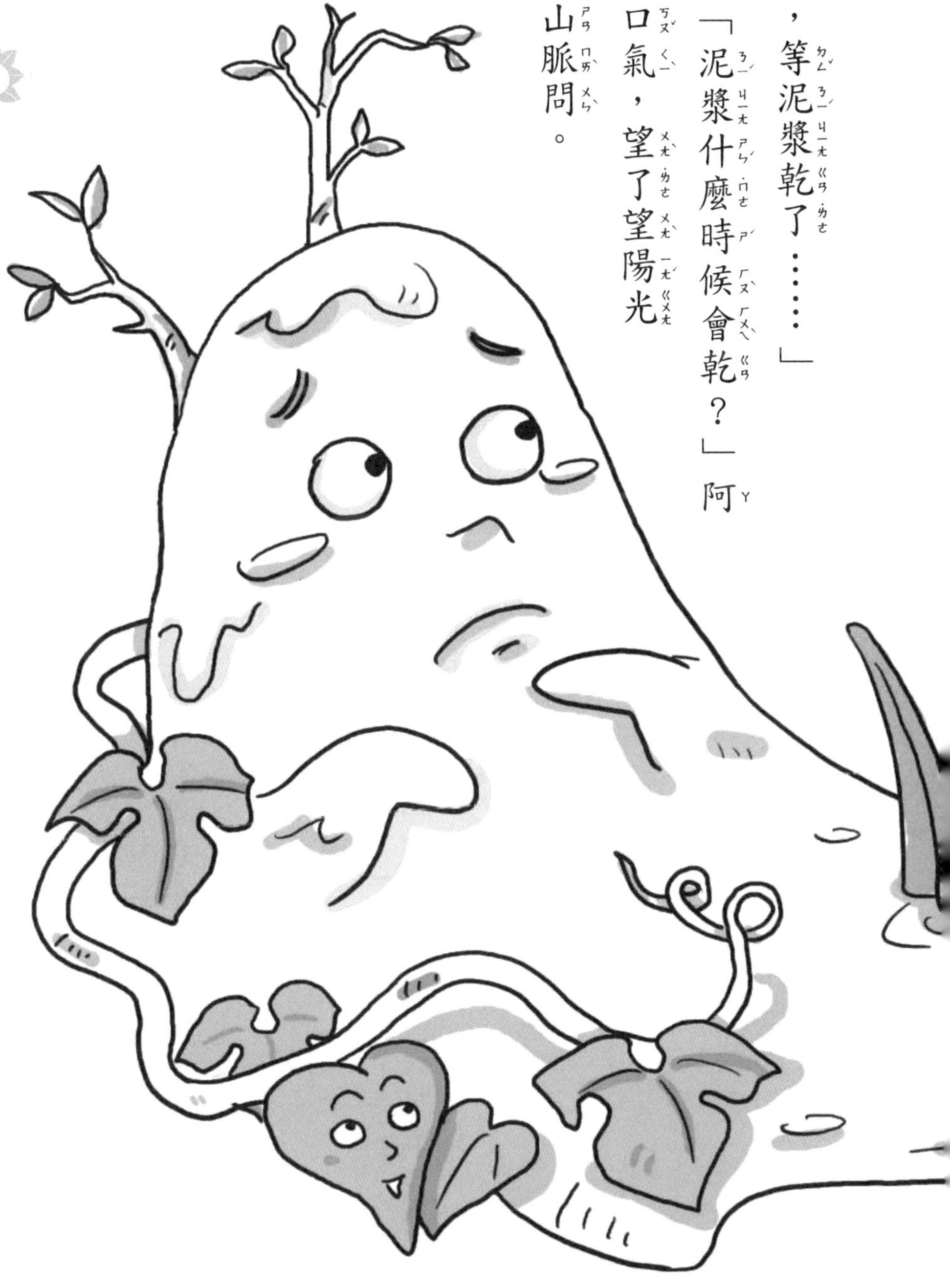

「我也不知道，但總有一天……」小油菜花懷著希望說。

「你能等到那個時候嗎？」阿泥看小油菜花瘦弱的樣子，有些擔心。

「我一定要等！」小油菜花的口氣很堅決。

阿泥沉思了片刻，對大家說：「我們沒有小油菜花幸運，還能夠留在自己的家園；但是，我們可以把這裡當做自己的家園，陪小油菜花一起等待。大家覺得如何？」

大家都鼓掌說好。

阿泥停泊在一處水草茂密的凹處，讓自己的身體緊緊貼著溪岸，就這麼安定下來。

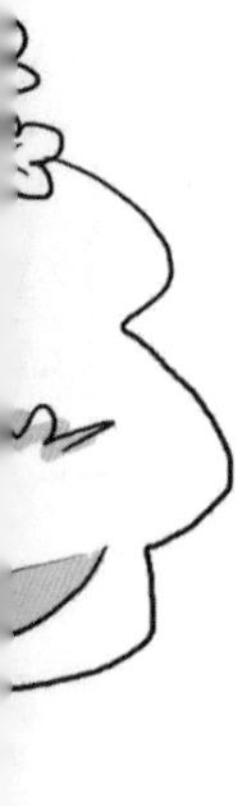

小油菜花就住在阿泥的懷裡吸取養分，慢慢長大茁壯；等到泥漿乾涸的時候，她已經繁衍出一大片油菜花田。那嫩黃鮮麗的色彩，迎著陽光閃閃動人。

阿泥懷裡的動植物們，都擁

有了一片新天地，大家都過得很快樂。

阿泥又回到幸福的日子；晒著暖陽，吹著柔風，欣賞著孩子們的自由自在，還有遠方山頭籠罩的金光。

給小朋友的貼心話

白雲姑娘為何哭泣呢？她的淚水為什麼使得阿泥離開原本舒適的家？

人們不知節制的伐樹；當大雨一來，泥土失去樹根的保護，便造成了可怕的土石流。小朋友，要好好愛護環境，我們才能欣賞到美麗的山林呵！

黃鼠狼拜師

自從人人都知道「黃鼠狼給雞拜年」是怎麼一回事之後，黃鼠狼就好久沒有吃到雞肉了；害他想得流口水，連做夢都會聞到雞肉的香味。

為了能夠再一飽口福，他決定拜名偷為師，學習偷東西的技巧。

他來到老鼠尖仔的家，尖仔正在看報紙。

「尖仔，聽說你以前是個超級神偷？」黃鼠狼的眼睛滴溜溜轉。

「可不是嗎！」老鼠尖仔摘下眼鏡，眼睛也是滴溜溜轉。「我偷過千奇貓的鬍鬚，贏了一籮筐的魚，吃都吃不完，氣壞了千奇貓。」

「好了不起！」黃鼠狼知道千奇貓是貓界的大頭頭，脾氣暴躁，抓老鼠的技術卻是一流。

「說得也是！」老鼠尖仔瞇起小細眼兒，挺陶醉的。

「我要拜你為師！」

「拜我為師？」

「請把你偷東西的功夫全部教給我！」

「怎麼行！我已經用裝在金色臉盆裡的冰凍雪水，狠狠清洗過雙手，發誓不再做偷雞摸狗的事了！」

「你把技術教我就好了，不必動手啊！」

「那也不行。」老鼠尖仔動了動耳朵。

「你不覺得你以前很了不起嗎？」黃鼠狼舔著快要流出來的口水說，「我不必一籮筐的魚，我只要一隻雞或兩隻雞，或……」

黃鼠狼不死心，從早上一直拜託到黃昏，

尖仔還是不點頭；黃鼠狼賴著不走，把尖仔弄得很煩。最後，他只好對黃鼠狼說：「好吧！不過，你得先通過我三個考驗，才能做我的學生。」

黃鼠狼張了張鼻孔說：「沒問題，說來聽聽！」

「第一，你要把我的房子挖一個洞，任何地方都可以，但是不能讓我發現；另外，要從我家偷拿兩樣東西，一樣是白米，一樣是地瓜。如果你能夠在一個月之內完成這三件事，我就當你師父。」

黃鼠狼平時偷偷摸摸的事也做了不少，只是技術太差；不過，他認為這些考驗還難不倒他。

大半個月過去了，黃鼠狼腦筋動了幾千回，總算拿定主意。找了一天，藏進草叢，蹲到半夜；聽見時鐘「噹、噹、噹」敲了三下，才躡手躡腳靠近窗戶。

他不從窗口進去，先敲敲窗，試試看還有沒有人醒著；敲了好幾扇，沒有動靜，似乎全睡著了。他爬上屋頂，掀開瓦片順著梁柱滑下去，只見黑漆漆一片。他躡手躡腳的進到廚房找米缸；摸了半天，終於摸到一個圓圓像是鐵桶的東西。

他掀開蓋子，手才要伸進去；突然，一陣鑼鼓聲喧天價響了起來。他嚇得急忙打開門衝出去，卻掉進了荷花池。當黃鼠狼被撈起來時，他不僅喝了一肚子臭水，還吞下一條小鯉魚，差點兒被噎死。

老鼠尖仔呵呵大笑。黃鼠狼沒有被魚噎死，卻羞死了。

「沒什麼好覺得羞恥的，」老鼠尖仔說，「如果你去當小偷，才是真正的羞恥呢！」

黃鼠狼覺得很洩氣；看來，他根本無法當超級神偷。

「我講一個故事給你聽好了。在我還沒有去偷千奇貓的鬍鬚之前，我們老鼠家族住在一個非常美麗的地方；在那裡，我的祖先養育我們這些子子孫孫，生活得非常快樂。

「然而，我拿回千奇貓的鬍鬚、吃完那一籮筐魚之後，我們的好日子就結束了。千奇貓說我讓他

太難看，他要想盡辦法把我們老鼠家族統統抓起來，一個也不放過。我們為了過安寧的日子，只好搬離那個從小生長的地方。

「我為此非常後悔；偷東西已經是很不應該的事了，還自以為了不起，因此害到整個家族。所以，我發誓不再當小偷。」

聽完老鼠尖仔的故事，黃鼠狼捏了一把冷汗。還好拜師沒有成功；否則，他的膽子越偷越大，不只要偷雞，哪天也想去拔幾根獅子、老虎的鬍鬚；到時候，他們黃鼠狼家族能夠逃到哪裡去呀？

給小朋友的貼心話

老鼠尖仔為什麼不再偷竊呢？如果黃鼠狼真的學得偷竊的技巧，能得到什麼呢？

小朋友，為了眼前的近利而失去最珍惜的事物（如家人），是最得不償失的行為了！做事千萬要三思而後行呵！

大石頭的選擇

山上有一顆大石頭，不小心滑了一跤，翻滾下山崖，卡在離山羊先生住的村子不遠的山坳裡，隨時有掉下來砸壞房屋的危險。

大石頭喊：「救命啊！」

村子裡的人全跑出家

門，看看發生什麼事。

「我的媽呀！快逃唷！」火雞婆婆抱著腦袋瓜，躲到一棵粗大的樹幹後面。

「石頭先生，你把咱們這兒當滑草場嗎？」山羊先生問。

「別糗我了！我也嚇得要命耶！」

這塊石頭那麼重，山坳邊沿都很陡，怎麼把他扛下來呀？

為了維護村子安全，山羊先生、火雞婆婆、鴨小姐、鵝公公等人商量的結果，推派鵝公公去向大石頭說明他們的想法。

鵝公公跟大石頭說：「你要是落到我們的村子就慘了！我們想找個人來看著你。」

大石頭同意他們的辦法。

「但是，」大石頭說，「必須由我選擇看守的人。」

鵝公公去把大家找來。

「你們得先各自發表看管我的方法，我再做決定。」大石頭說。

保護家園，誰都不願意落在別人的後面；不過，長

幼有序，鵝公公年齡最大，大家讓他先發言。

他清清喉嚨，用十分肯定的態度說：「我會把你周圍的環境加強整修，讓它更堅固；提防無聊的風呀、暴躁的地震之類的，再把你推下去。」

「選我最好，我最有經驗了！我準備很多好吃又營養的東西給你吃，你的身體就不會因為虛弱無力、沒辦法支撐而掉下去。」喜歡做菜的火雞婆婆咕嚕咕嚕的說。

「我要讓你穿上不同的漂亮衣服，教你優雅的動作。」名模鴨小姐擺出一副迷人的模樣說，「讓你以最優美、最穩重的姿勢坐在那裡，不會粗魯的滾下去。」

輪到最有學問的山羊先生了。他將手放在身後、來回走了幾步說：「我看，我另外替你開一條路，你可以順著那條路往前走，走到你想要去、願意去、喜歡去的地方。」

大石頭看看大家，低頭想了一會兒之後說：「我選擇山羊先生。」

給小朋友的貼心話

大石頭最後選擇了誰的建議呢？如果是你，會選擇誰的意見呢？

大石頭最後選擇繼續前進，表示他選擇了自由，不被拘束；因為，留下並無法完全解決問題，也不能前往自己想要去的地方。

小毛襪

小毛襪本來晾在晒衣架上，被風吹落。毛襪飛啊飛，飛過草原、飛過山林，最後掛在麵包樹的枝枒上，飄來飄去。

松鼠抱著幾個核桃從毛襪旁邊走過。

「這是啥東西呀？」

他彈拉著襪口，觀察片刻。

「拿來當食物袋挺好看的。」

他把懷裡的核桃裝進去，藏到更隱密的地方，便唱著歌找朋友去了。

獮猴攀上麵包樹，捧著從另一個山頭剛摘來的甜漿果，準備尋覓一個舒服的地方享受一餐。

毛襪漂亮的花紋，閃露在搖動的葉隙間。

「什麼玩意兒啊？」他碰了碰襪子；忽然，從毛襪口滾出核桃。

「咦！哪兒來的？」

他歡喜的啃光核桃，然後把漿果塞入毛襪。吃飽的獼猴便抓住樹枝，盪開去嬉耍了。

松鼠回來後想吃核桃，掏出的卻是甜漿果！他明明藏的是核桃，怎麼變成甜漿果？

他怎麼想都想不通。不過，看到他愛吃的甜漿果，也就懶得再去追究。

只是，不知道這隻玩意兒，以後會不會再帶甜漿果給他？

松鼠採來更多核桃塞進襪裡，希望下次變出更多的甜漿果，讓他吃個夠。

沒多久，知更鳥媽媽銜著她的巢，停在麵包樹上休息。她正在搬家，要給鳥寶寶一個安全舒適的環境，快樂的長大。

她一眼瞥見鼓鼓的毛襪上繡的一條小蟲。

「寶寶有蟲吃了！」只是，啄了半天，蟲還是緊抓著毛襪。氣極的她用力一拉，核桃跑了出來。

太棒了！知更鳥媽媽沒料到他們的午餐這麼容易就解決；而且，這個有一條蟲的東西，似乎還有點用處。

於是，她將吃飽睡著了的鳥寶

寶，連巢一起放到毛襪裡，暫時掛上枝頭；就像一隻搖籃般，輕輕擺盪。知更鳥媽媽想在鳥寶寶醒來之前，趕快找到一個好地方安頓鳥寶寶們。

松鼠喜孜孜的回來了。他從早上就忍著不吃東西，等待一頓甜漿果大餐。當他迫不及待的伸手進襪一抓，抓出來的卻是……他張口結舌，不知如何是好。

兩隻鳥寶寶被他吵醒，嘰喳鬧個不停。

天哪！松鼠不敢置信的揉揉眼睛；是做夢嗎？還是眼花了？再仔細的用力看，擺在眼前的確實是兩隻鳥寶寶和他們的巢。

就在這時，兩隻小鳥開始呱呱的大聲哭起來，令松鼠手足無措，急出一身汗；只好用他的大尾巴當娃娃車，哄著鳥寶寶去散步玩耍。

知更鳥媽媽總算找到她的美麗家園；回來接鳥寶寶時，卻見毛襪空空的飄盪在枝頭。

她翻遍毛襪裡外，除了小蟲還在那兒，什麼東西都沒有。

「哎呀！我的寶寶不見了！」知更鳥媽媽把準備帶給寶寶吃的甜漿果丟入毛襪，嘰哩呱啦的大叫起來。

正在午睡的森林居民全被她驚醒，連忙問她發生了什麼事。

這時，松鼠蹣跚走來，一臉疲憊，兩隻鳥寶寶在他的大尾巴裡酣睡。

「原來是你抱走我的寶寶！」知更鳥生氣的說。

「冤枉啊！」松鼠一副苦瓜臉的說明經過。

弄清楚事情的經過，大家沒有怪松鼠，反而說知更鳥媽媽不該將寶寶隨便丟下。

知更鳥媽媽為了道謝與表示歉意，便倒出毛襪裡的漿果送給松鼠。

松鼠又傻了。他搞不清楚，上次的甜漿果跟這次的甜漿果有沒有關係？

給小朋友的貼心話

知更鳥媽媽粗心的把鳥寶寶留在毛襪裡，如果不是遇見好心的松鼠，鳥寶寶可能會遭遇什麼危險呢？

松鼠好心有好報，幫助別人卻不計較得失，反而有意想不到的收穫呢！

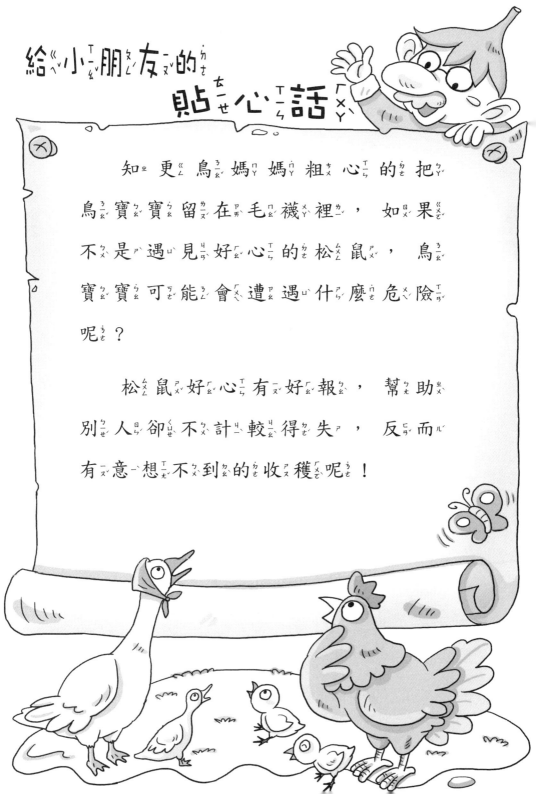

小音符

小音符那天窩在鋼琴的琴鍵下面，正在睡午覺。黑貓跳上跳下，猛追一隻不知由哪兒偷溜進來的老鼠。

他一腳踩上琴鍵，一個大震盪，小音符被彈起，從窗口飛出去，掉到一部冰淇淋車的小喇叭裡面。

「叭噗！叭噗！」

怎麼這麼難聽？跟小音符原本在鋼琴裡聽到的優美樂音根本不能比呀！

「叭噗！叭噗！你別嫌我，小朋友可是愛死我的聲音了！」小喇叭說。

果然，一群小朋友圍攏過來，垂涎欲滴的望著冰淇淋。驚訝的小音符，看著一杯杯各色各樣的冰淇淋被放到開心的小朋友手中。

有一個小朋友把玩著小喇叭，忽然用力一按；「叭！」的一聲，小音符又被甩了出來。在空中滾了幾滾，落在一輛垃圾車的擴音機內。

擴音機播送的「少女的祈禱」完全走音，小音符聽了好想哭，美妙的音樂竟然變成這樣。

一陣陣臭味撲鼻而來，聞了令人作嘔；可是，那些清潔人員賣力的工作著，好像聞不到臭味似的，把一袋袋的垃圾往車上扔。經過的街道，變得清潔又乾淨。

小音符有點羞愧，覺得自己只關心走音，沒體會到清潔工叔叔、阿姨們的辛苦。

忽然間，一股強力的音量，將他吸出擴音器，他又不由自主的絞入另一個聲音中。

「噹！噹！噹！噹！」消防車急速前進，他又成為開路的警鐘了。

小音符這會兒再也顧不得自己來自優雅的鋼琴，他放開喉嚨、聲嘶力竭的大叫：「噹！噹！噹！讓開！讓開！」他們要趕到火場去滅火。

火終於被撲滅了！每個消防員都灰頭土臉，小音符也是；然而，他感覺到：「帥呆了！救人真是爽快！」

給小朋友的貼心話

除了故事中提到的冰淇淋車、垃圾車、消防車外，你還聽過什麼車子會發出奇特的聲音呢？

小朋友，職業不分貴賤；不管是什麼職業，只要是正當的工作，都對社會有所貢獻呵！

月亮城堡

這天下午，天神可忙呢！他忘了去注意地球有沒有好好旋轉、空氣及陽光有沒有偷懶……他拿著一支捕蝶網，忙著捕捉一串串隨風飄飛而來的鋼琴聲，藏放在大自然的音樂盒裡。

他準備做一些實驗，像是把雷聲的轟轟隆隆，改變成鋼琴的叮叮咚咚，免得可怕的雷鳴時常嚇壞小朋友。

那些美妙的琴音，從一個小窗口傳出來；原來，音樂家貝多芬正在創作新的鋼琴曲。可是，他只彈奏出一些零散的旋律，無法組成一

首完美的曲子。

太陽早就回家了！貝多芬仍然專心彈琴，似乎沒有察覺黑暗已經逐漸籠罩。

天神還在忙著；他抓到這個音符，卻溜了那段旋律，累得慘兮兮，只好坐下來休息一下。他發現天地一片漆黑，才想起來月亮今天休假。

誰來幫大音樂家點上一盞燈呀？天神等了一會兒，想了一下，從口袋掏出一個月亮，掛在月空上。

「什麼事嘛……」月亮的雙眼瞇成一條線，她正躲在天神的口袋裡睡覺。

「噓！妳聽……」

一陣陣優美的琴聲，讓月亮睜開了眼睛。好動人的音樂啊！她忍不住緩緩貼近屋子，悄悄越過窗口，踮起腳尖，一小步、一小步的輕輕踩在地上。

琴音更柔美了，如水一般蕩漾。音符伸出手牽著月亮，優雅的起舞。她們滑著曼妙的花步，月亮銀白色的緞紗裙，輕盈的在黯黑的屋裡翻飛；照亮琴鍵，也照見專注的貝多芬。月亮陶醉了，直到琴聲停歇許久，她才回過神來。

「月光仙子，請等一下！」

當月亮要從窗子悄悄退出的時候，聽到有人叫她。

「你知道我進來了？」月亮很驚訝，因為貝多芬好像一直閉著眼睛，全神貫注的彈琴。

「妳從窗口踏進來時我就看見了！」貝多芬闔上琴蓋說，「就是看見妳，我才知道怎麼寫今天的曲子。現在已經完成，我想把它叫作『月光曲』。」

「太好了！」月亮高興的說。

「『月光曲』裡有一座用音符蓋成的『月光城堡』。月光仙子，妳願不願意住進去？」貝多芬誠摯的邀請月亮。

於是，月光仙子成為「月光城堡」的主人。每當「月光曲」響起，「月光城堡」的大門自動打開，你會看到穿著美麗舞鞋的月光仙

子，和環繞在身旁的一個個音符婆娑起舞；她的銀白蓬裙輕盈舞動，映出夢幻般的光芒。

給小朋友的貼心話

小朋友，你認識貝多芬嗎？聽過他作的「月光曲」嗎？聽起來是否像是在靜謐的月光下沉思或輕舞呢？

古吉的紅領結

兔子古吉今天戴了漂亮的紅領結，快樂得蹦蹦跳。

羊咩咩誇他好神氣，鹿寶寶說他帥呆了。

小山豬問：「古吉，你打扮得這麼好看，要去約會嗎？」

「才不是呢！」古吉掩

嘴偷笑，「我要去和鴨子呱呱唱歌。」

他輕輕吹著口哨，兩顆大白牙閃閃發亮。風兒不時伸手拉扯他的領結玩耍，讓他覺得下巴好癢；他擺擺手說：「別鬧了！風兒！」

風兒玩得可開心了，搔得他越來越癢。他忍不住低頭看，嚇了一跳；紅領結怎麼多了一對翅膀？

那對翅膀搧呀搧的，好像正要起飛；古吉急忙用手去抓，已經太遲了！紅領結已經飛上天空了。

「嘿！回來！回來！」古吉追在後面揮舞雙手大喊。紅領結停都沒停的鑽進花叢裡，和蝴蝶玩起來了。古吉東撲西捉，弄髒衣服、扯亂頭髮，還是抓不到。

「你在做什麼呀？」松鼠從樹叢探出頭。

「我……我的紅領結飛跑了！」古吉喘著氣說。

「領結飛走了？在哪兒呀？我來幫你。」小松鼠跳下枝頭。後來，小山豬、鹿寶寶和羊咩咩也加入搜尋行動。

紅領結越玩越瘋，一會兒在鹿寶寶的頭上跳舞，一會兒又攀在小山豬的尾巴盪鞦韆；害得大家有的摔跤、有的翻跟斗。

紅領結飛呀飛，溜進一群唱歌的隊伍中就不見蹤影了。隊伍裡有鴨子呱呱、公雞咕咕、無尾熊胖胖、山貓喵嗚和麻雀嘰喳，他們的脖子上都繫了一個紅領結。

古吉看到這麼多領結，拍著頭說：「我可昏了！」

「什麼事呀？」鴨子呱呱問。

「古吉的紅領結躲到你們裡面去了！」小松鼠說。

「大家有沒有看到紅領結？」鴨子呱呱扯著嗓門問。

「有啊！這不是嗎？」全體都秀出自己的紅領結。

「我是說多出來的啦！」鴨子氣得嘴巴更扁了。

「我們都在唱歌，沒注意耶！」麻雀嘰喳跳到無尾熊胖胖的背上說道。

「好吧！」鴨子大聲說，「我們一起找這隻頑皮的紅領結。」

有的搜尋草叢、有的翻樹葉，忙了好一會兒，卻還是沒找著。

「嗚……這是我第一次唱歌耶！我要戴領結啦！」古吉急得快哭出來了。

蝴蝶姊姊聽見了，飛過來對古吉說：「別傷心，我是做蝴蝶結的高手，我幫你做一個吧！」

看到古吉有了新的蝴蝶結，大夥兒都很開心。他們今天繫的紅色蝴蝶結，顯得特別漂亮。

尤其是古吉，閃亮的兩顆大白牙與紅領結相互輝映，唱起歌來更加嘹亮，響徹森林。

給小朋友的貼心話

小朋友，你喜歡唱歌嗎？快樂時唱起歌來更開心，難過時也可以唱歌抒發情緒。歌曲真是奇妙呢！

好寶寶蹦蹦車

袋鼠巴尼在學校得了一個「好寶寶」獎章，袋鼠爺爺送給他一雙氣墊鞋當獎品。氣墊鞋彈性很好，能夠跳得很高、很遠。

巴尼好喜歡，天天穿去上學。袋鼠媽媽千叮嚀、萬交代：「小心點兒，不要跳得太高，不要撞到同學呵！」袋鼠媽媽的話還沒講完，巴尼早就跳得無影無蹤。

他心裡想：「怎麼會？我是個好寶寶

耶！我不但不會撞到同學，還讓同學搭『便車』呢！」

自從他有了氣墊鞋，同學都叫他「好寶寶蹦蹦車」；大家每天輪流坐在他前面的口袋裡，蹦蹦跳跳的到學校。

小野鵝、樹蛙和小蜥蜴站在路口探頭探腦，今天輪到他們坐「好寶寶蹦蹦車」。小野鵝是新來的同學，樹蛙和小蜥蜴七嘴八舌的一直講個不停，告訴他坐蹦蹦車多麼刺激、多麼有趣。小野鵝聽了，迫不及待的想要趕快試一試。

巴尼蹦蹦跳跳的過來了，他們馬上圍上去。「嗨！同學們早安，快上來吧！」

「巴尼，小野鵝是新同學，你跳高一點，讓他看看你的厲害！」小蜥蜴說。

「不行啦！我媽說不能跳太高。」

樹蛙說：「只比平時高一些些就好了嘛！」

「只能一些些哦！抓緊……」巴尼說完，就「蹦、蹦、蹦」的往前跳去。

「哦呵……哦呵！」尖叫聲跟著巴尼起落，有時彈到半空中，有時幾乎掉到地上。

「好好玩呵！」小野鵝頭上的羽毛都豎起來了！

小蜥蜴緊緊抓住袋口嚷嚷著：「棒呆了！」

「再高一點，再高一點！」樹蛙叫得最大聲。

巴尼踩著氣墊鞋，越來越熟練，跳躍得又高又遠，其他袋鼠都落在後面。

他有點得意的猛力一蹬，

「叩！」腦袋碰到樹枝，有個東西砸在他身上，掉進口袋裡。

「什麼東西呀？」巴尼停

了下來。

蜥蜴撫著頭憤憤的說：「這是誰的眼鏡？」

「我……是我的……」聲音從樹上傳來。

他們一齊抬頭，看到啄木鳥正抱住樹枝發抖。

「巴……巴尼，走路小……小心一點嘛！」啄木鳥抖得口齒不太清楚，「嚇……嚇死我了！」

「對不起！對不起！啄木鳥先生。」

啄木鳥雖然沒有臭罵巴尼一頓，他們上學卻遲到了。袋鼠媽媽罰他一個星期不準穿氣墊鞋。

巴尼後悔得很。他沒穿蹦蹦鞋就神氣不起來了，每天都垂頭喪氣；還好，他的好朋友們都陪著他。

一個禮拜很快過去，巴尼又興高采烈的穿著氣墊鞋去上學；

不過，他不敢再亂蹦亂跳了。因為遲到，這學期他拿不到第二個「好寶寶」獎章。同學們再叫他「好寶寶蹦蹦車」時，讓他覺得有點不好意思呢！

給小朋友的貼心話

袋鼠巴尼最後有得到第二個「好寶寶」獎章嗎？

小朋友，不管做什麼事，都不可以得意忘形！有時候不但打擾到別人，也會害到自己呵！

年獸

森林裡最近熱鬧滾滾，家家戶戶打掃環境、粉刷房子，準備許多好吃的東西。

原來，春天要回來了！每年，春天跑到撒哈拉去度假；等到冬季快要結束的時候，才坐飛機趕回來。

今年很特別呵！因為，春天和他們有個約會。

誰都知道，一年最後的那天晚上，冬天會把他養的一隻叫「年獸」的寵物放出來嚇人。

冬天已經夠窮凶極惡的了，常常讓人嚇得發抖；他的寵物一定也很可怕。

所以，這天晚上，每個人都會回家和家人團聚，互相保護；等春天把年獸趕走後，才出來放鞭炮、貼春聯，歡迎春天回來。

儘管大家都曉得年獸很嚇人，卻沒有人見過年獸的真面目。森林裡的居民們就纏著春天問，因為她每

年都要跟年獸碰一次面啊！可是，春天每年都說：「明年我早點回來，再告訴你們吧！」

和春天約會的時間到了。森林居民們看到橘花枝頭抽出的一截新芽，就知道春天已經降臨了。

「有怪獸、有怪獸，跟著我……」春天一邊唱著歌、一邊從林蔭深處走出來；唱完手一揮，竟然變成一隻老鼠。「我是年獸老鼠，大家鼠年如意！」

小老鼠看了，吱吱叫起來：「才怪！我們只會爬上燈台、偷油吃，可不是年獸耶！」

春天轉個身，變成了牛頭：「年獸牛哞哞，牛年行大運！」

牛伯伯邊嚼青草邊說：「得了吧！我的祖先雖然有個牛魔王，但我也不是年獸。」

春天臉又一抹，化成虎大王：「年獸老虎，虎年多福氣！」

虎爺撚著鬍鬚說道：「你們知道的，自從我碰到武松之後，善良多了，怎麼會是年獸呢？」

接著出來的是兔子。「年獸兔子，兔年發大財！」「如果我是年獸，我們就不必天天幫嫦娥搗藥了！」兔寶寶垂著耳朵說。

春天咻咻咻的不停變臉，龍、蛇、馬、羊、猴、雞、狗、豬等一一登場；但是，每種動物都不承認自己是可怕的年獸。

春天笑嘻嘻的變回本來的模樣。「一點都沒錯！其實你們就是年獸。」春天指著他們十二種動物說，「你們每年輪流上場，當那一整年的代言人。你們沒聽人說過，今年是鼠年、牛年之類的話嗎？」

「這麼說，那個可怕的年獸究竟是誰？」

「那是說來嚇人的。因為有些人很喜歡在外面遊蕩，他們的親人非常想念他們，就希望出現這麼一隻猙獰的怪獸，在一年的最後一天，把那些愛流浪的人趕回家團圓。」

「哦！我懂了！每年的最後一個晚上，你趕的不是年獸，而是不回家的人。」猴子睜大眼睛嚷著。

「真聰明，趕快回家去吧！」春天揮揮手，彷彿催大家回家團圓。

給小朋友的貼心話

小朋友，你有看過其他關於年獸的故事嗎？這篇故事顛覆了我們對年獸的想像，真是有趣極了！

「父母在，不遠遊，遊必有方。」親情是最溫暖的，要記得讓父母安心呵！

掉到嘴裡的星星

夏天的夜晚，屋子裡很熱。

河馬一家人都到院子裡的草地上乘涼，只有河馬寶寶總是不情不願、哭喪著臉；因為，他最愛看晚上的電視節目了。

「到外面吹吹自然風多舒服，還可以看星星。」河馬

爸爸說。

「星星有什麼好看的嘛？」河馬寶寶想。

河馬爸爸又在講故事了，說他小時候連電都沒有，哪有什麼電視和冷氣？但是，他小時候很快樂呢！吃完晚飯、寫完功課後，一群小玩伴來跟他玩「一二三木頭人」、「躲貓貓」或是抓鬼的遊戲。

「哈……」河馬寶寶打了一個大呵欠，多麼無趣的故事！他躺到遠遠的地方去。「哈……」又打了一個大呵欠。

「看！一顆流星。」河馬妹妹興奮的大叫。

「哈……」這次河馬寶寶索性把嘴巴張到最大。

「卡！」好像有什麼東西落入他嘴裡，嘴巴竟然合不起來了！

河馬一家人趕快把河馬寶寶帶進屋裡。

「是一顆流星耶！」河馬妹妹大叫。星星的尖角，一頭卡在河馬寶寶的上顎，一頭卡在下顎。

河馬爸爸趕忙打電話給牙醫螃

蟹先生。

「醫生去旅行了！秋天才會回來。」螃蟹太太說。

「糟了！你的呵欠要從夏天打到秋天嘍！」河馬妹妹叫著。

河馬爸媽著急的去掰那顆星星；可是卡得太緊，掰不下來。他們又試著去找其他醫生；其他醫生的回答是，他們沒有那種把星星從口裡

取出來的工具。

忙了大半夜，找不到任何醫生，河馬媽媽只好試著再去搖星星。嘿！居然有一點鬆動了。河馬爸爸也來幫忙；一陣手忙腳亂，終於把星星拿下來了。

「我的嘴巴累死了！」河馬寶寶口齒不清的咕噥著，「不過……」他伸出舌頭舔了又舔，「是巧克力耶！我最愛吃的蜂蜜巧克力。」

河馬爸媽以為河馬寶寶被嚇傻了，一直摸他的頭、拍他的背。河馬妹妹聞了一下星星，果然有巧克力的味道；再舔一舔，「真的是蜂蜜巧克力耶！」

河馬爸媽拿來錐子和榔頭，敲下一小塊含入口中；沒錯，雖然很硬，但放進嘴裡就慢慢溶化了。

原來這是一顆蜂蜜巧克力星星！河馬寶寶的口水溶化了它的尖角，才能拿下來。

最高興的當然是河馬寶寶嘍！他的呵欠不必從夏天打到秋天了。巧克力敲成小塊，裝進一個大盒子冰在冰箱裡，倒真的從夏天吃到秋天。

現在，他很樂意到院子裡乘涼、看星星；因為看得太專心，早就忘了打呵欠。不過，他帶了一個大紙盒放在院子中間；當他看見流星的時候，他期待著：這回掉下來的不是巧克力，最好是沙士糖或牛奶糖……

給小朋友的貼心話

小朋友，什麼東西掉進河馬寶寶的大嘴巴裡呢？

記得打呵欠時要摀住嘴巴唷！否則，不知道從天上掉下來的會是什麼東西呢！而且，這也是在公眾場合時的禮貌。

怪物酷酷

小錢鼠的綽號叫「酷酷」。因為他晚上睡覺愛踢被，鼻子受涼不通，又偷偷丟掉錢鼠媽媽給他吃的藥；感冒沒治好，就常常發出「酷酷、酷酷」的聲音。

酷酷一家人住在榆樹下；錢鼠爸爸和錢鼠媽媽每天必須出去工作賺錢，酷酷還沒有到上學的年齡，只好乖乖待在家裡。

可是，酷酷卻時常趁爸爸媽媽不在家溜出門。他最愛鑽進阿非家裡了，不是偷吃阿非的食物，就是咬咬這個東西、啃啃那個玩具，好玩極了。

錢鼠媽媽每天出門前都會叮嚀警告酷酷說：「你不許亂跑呵！被阿非看到，他會把你吃掉的！」

阿非是一隻很愛睡覺的大白貓。酷酷根本就不相信阿非能把他怎麼樣；每次他溜進屋裡時，阿非都睡得像一條死貓；他還故意拉拉阿非的鬍鬚，再鑽進廚房吃東西。

一身黑的酷酷最看不慣阿非的那身灰白毛，

看起來髒髒的，好難看；如果幫他換個顏色，一定很好玩。

換成什麼顏色呢？當然是能把他變成奇怪又好笑的怪物的嘍！酷酷想像著將替阿非換一身讓他出醜的毛色，不禁哈哈的大笑起來。

酷酷跑到遠遠的山上找啊找，找到兩種長得很怪異的果子；然後將它們搗碎，做成一桶紅色、一桶黑色的染料。花了好大力氣，才將染料拖進阿非家。

阿非當然一點也沒被驚動，睡得可甜呢！酷酷輕手輕腳的把染料搬到阿非身旁，拿起大刷子沾染料；一股怪味從染料竄進酷酷的鼻孔，讓他忍不住打噴嚏加「酷！酷！」兩聲。

阿非像是被吵醒了，尾巴忽然搖動一下，將紅色染料掃翻在酷酷身上；忽然，酷酷覺得自己的身體不停漲大，變成原來的兩倍時才停止。

阿非真的醒來了，瞪著大眼，鬚毛全部豎直，一陣喵喵怪叫，張牙舞爪的衝向酷酷。

酷酷先是被自己身體的變化嚇呆；再看到阿非那種恨不得一口把他吃掉的凶樣，膽子差點兒嚇破，拔腿就溜。

他跑到鑽進來的小洞，漲成三倍的身體卡在洞口出不去，他只好在屋子裡到處亂躲；阿非有幾次差

點兒撲上他，幸好他躲得快，否則早就沒命了。

酷酷好害怕，沒想到阿非會那麼凶、跑得那麼快；他跑得都快倒下去了，但是一停下來就完了！

他跳上櫥櫃、書架、檯燈，一不小心沒站穩，咕嚕往下滑；「噗」的一聲，正好坐在黑色染料桶上，染料桶跟著翻倒，他全身又被染成黑色。奇怪的是，沾上黑色顏料後，他的身體竟然慢慢縮成原來大小了。

從此以後，酷酷再也不敢亂搗蛋；但是，他的腳卻染成奇怪的一隻紅色、一隻黑色，怎麼洗也洗不掉。於是，人家改叫他「怪物酷酷」。

給小朋友的貼心話

酷酷的腳為什麼會變成一紅一黑呢？

小朋友，爸爸媽媽對我們的勸告都是為了我們好，擔心我們受到傷害；所以，爸媽講的話要聽進心裡，並且要小心自己的行為，千萬不可以當成耳邊風呵！

空中飛人

毛毛蟲和小飛蛾是鄰居，他們兩家最近常常掉東西，或是日用品、或是食物，弄得他們不知怎麼辦；雖然不是什麼貴重物品，卻也妨害到他們的正常生活。

「到底是誰偷的呀？」毛毛蟲嚷嚷著。

「我們還是報警吧！」

「真麻煩，都是些小東西耶！」

「再想想辦法好了！」

最後，他們覺得不能再這樣下去了，決定互助合作，合演一齣「捉賊記」——一個守上半夜，一個監視下半夜。

他們就藏在樹叢的隱密處等著。時間悄悄溜過去，連月亮都有點睏了，越來越往下沉。

毛毛蟲歪著頭，正夢見自己長出一雙大彩蝶翼的時候，迷迷糊糊聽見小飛蛾在耳邊叫道：「快看！快看！」

毛毛蟲揉揉惺忪睡眼，仔細一瞧，一條細細的灰白絲線，纏上他家的欄杆。

他們火速衝進去，揪住正在偷取食物的大蜘蛛。

「嘿！這裡不是超級市場耶！」毛毛蟲用十隻小手抓牢大蜘蛛的一隻臂膀。

「將他帶到警察局去吧！」小飛蛾扯緊大蜘蛛的衣襟。

「不要送我去警察局，求求你們……」

「你說不去就不去啊！那你為什麼要當小偷？」

「我……我失業了……」大蜘蛛一副苦瓜臉的說，「人家說我破壞環境，把我的網搗毀了，所以……」

小飛蛾和毛毛蟲的火氣給澆熄了，不忍心讓大蜘蛛去坐牢。

「那麼……」小飛蛾繞了兩圈說，「剛才看你吊著絲線飛簷走壁，好像有些功夫。不如……我們幫你找個工作吧！」

「嗯！好主意。」毛毛蟲點點頭。

「螳螂先生的特技團好像缺了一個空中飛人，你有沒有興趣？」

「當然好嘍！」大蜘蛛願意試試看。

特技團的確少一個像大蜘蛛這樣的人才，螳螂先生很滿意。

「除了表演空中飛人，你會不會其他功夫？」螳螂問。

「織一張大網是我的專長。」

「酷！」螳螂翹起拇指尖。

「這樣的話，輪到走鋼索的節目，你就在下面撐網吧！」

大蜘蛛有了一份安定的工作。他不僅吊來吊去，表演特技很有看頭；織結的保護網堅固安全，還時常變換花樣。

走鋼索的人放心大膽的表演，場場精采好看，觀眾越來越多，大蜘蛛因而大受歡迎呢！

給小朋友的貼心話

小朋友，你有觀察過蜘蛛網嗎？蜘蛛吐出的絲可是很堅韌的呢！

天生我才必有用，不管是什麼樣的能力，都可以用在正確的地方呵！

阿竺的黃花帽

阿竺進小學讀書的時候，得到一頂黃花小草帽；她喜歡極了，認為這是世界上最美麗的帽子。

那是她要求了好久，媽媽才答應從百貨公司買來送給她，做為她成為小學生的禮物。她平時把它

收藏在衣櫃裡，捨不得戴；出去玩或是禮拜六的便服日時，才戴去學校炫耀。

「好漂亮呵！」「借我戴戴看嘛！」「也借我戴一下……」好多同學搶著要戴，她從來沒有覺得那麼神氣過。

有一天，阿竺爸爸一個住在山上的朋友，帶著他的小女兒阿珊下山看病，便在阿竺家借住。

阿珊滿頭膿瘡，頭髮都剃光了，像個小男生。

他們回去那天，阿竺放學回家後，發現帽子不見了。

「太陽好大，阿珊的瘡晒了很痛，我就讓她戴妳那頂帽子回去了。阿竺乖，媽媽再買一頂給妳。」

阿竺當下嚎啕大哭，想到她漂亮的帽子戴在阿珊醜怪的頭上，不知什麼時候媽媽才會再給她買一頂一模一樣的……越想，她就哭得越慘。

之後，每逢週末，她就變成了拒絕上學的小孩。黃花帽己經賣完了，媽媽只好買了一頂藍白碎花帽給她。

之後，每到星期六，她仍是同學簇擁的對象；但是，

她心裡非常想念黃花帽，仍然認為它是世界上最美麗的帽子。

過了一陣子，山上的那位叔叔趁著辦事空檔，又帶著阿珊到阿竺家玩。

阿珊的膿瘡痊癒了，頭髮也變長了；她戴著那頂黃花小帽，非常可愛。

看著微笑的阿珊，阿竺忽然覺得：阿珊比我更需要黃花帽，就歡歡喜喜送給她好了。

給小朋友的貼心話

小朋友，你有過跟阿竺一樣的經驗嗎？明明是自己很喜愛的東西，卻必須讓給別人……

有時候思考一下，自己是不是真的很需要？或許，別人比你更需要這樣東西呢！看到自己的東西能幫助別人，是不是也很開心呢？

「青蛙」先生

蛤蟆逛街的時候，買了一支最流行的太陽眼鏡；大大的彩色鏡片，遮住了他大半個臉。他把時髦華麗的衣裳拿出來穿上，戴上大禮帽出門去。

「青蛙先生，你好！」小灰兔笑嘻嘻的跟蛤蟆打招呼。

蛤蟆正要說話，灰兔已經蹦蹦跳跳跑遠了。

「哈囉！青蛙先生。」烏鴉從蛤蟆頭頂的樹葉間嘩啦啦的穿過。

蛤蟆推了推墨鏡，歪頭想了想，不禁滿心歡喜：「這麼說來，我跟青蛙一樣好看了？」

蛤蟆抬頭挺胸的進了鴨子開的糖果店。

「買點什麼，青蛙先生。」

連時常看到他來買東西的鴨子都認不出他來，蛤蟆不知不覺的裝起青蛙的聲音，買了一包巧克力。

「你的眼鏡真酷，借我秀一下好嗎？」鴨子羨慕的說。

「我有事要忙呢！」蛤蟆趕快溜走。

好險！要是拿下眼鏡，露出蛤蟆的真面目，豈不嚇壞大家？

迎面走來田鼠，遞給蛤蟆一張邀請卡。

「歡迎您晚上來參加我的生日宴會。」

邀請卡上面寫著：敬邀青蛙先生。

蛤蟆開始覺得有點不快樂。田鼠不知有沒有準備一張給蛤蟆的邀請卡？如果有的話，田鼠會交給誰？

宴會當天，田鼠家很熱鬧；山羊、灰兔、鴨子、烏龜……好多動物朋友都來了。

可口的食物擺滿桌，大家輪流唱一首歌為田鼠祝壽，蛤蟆排最後一個；他的嗓子真好，聲音渾厚優美，吸引住每一對耳朵。

「安可！安可！青蛙先生唱歌最好聽了。再來一個！再來一個！」掌聲久久不歇。

「我……我……」蛤蟆結結巴巴的看著大家。全體安靜下來等待著，蛤蟆卻「哇」的一聲哭了起來。

大夥都愣住了。

「青蛙先生，你怎麼了？」田鼠連忙問道。

「不要叫我青蛙！我不是青蛙，我是蛤

蟆！」蛤蟆把墨鏡摘下來，大家看了都嚇一跳。

「原來是蛤蟆先生！我們一直以為你是青蛙。沒想到，你的歌喉比青蛙先生還棒。再唱！再唱！」掌聲又熱烈響起。

蛤蟆好高興不必再當青蛙；雖然他長得不如青蛙好看，大家還是肯定他的歌聲比青蛙好聽。

他深吸一口氣，準備唱幾首最拿手的歌曲，讓大家好好欣賞！

給小朋友的貼心話

小朋友，你分得出青蛙與蛤蟆的差異嗎？

故事裡的蛤蟆因為羨慕美麗的青蛙，而打扮成青蛙的樣子，卻忘記自己有很棒的才能——唱歌。每個人都有自己的專長，可不要小看自己呵！

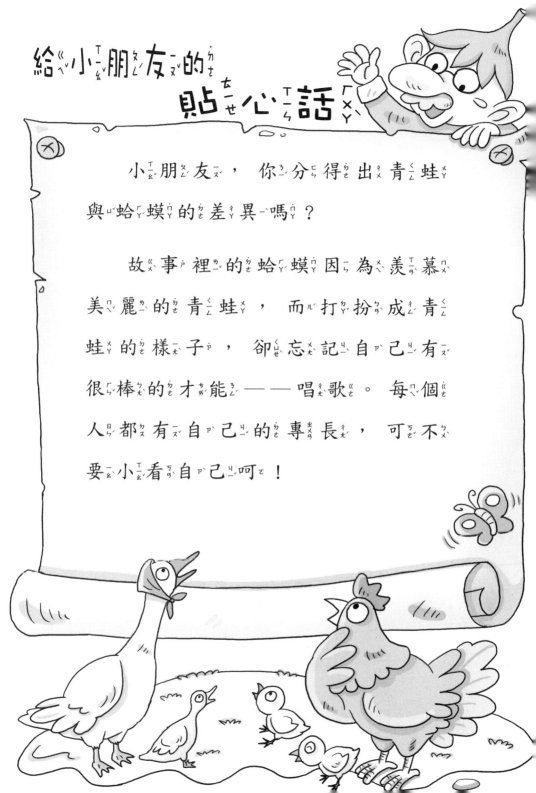

美麗的紅草莓

春風吹起的時候，草莓國的大大小小，都脫下厚厚冬衣，露出他們細嫩的皮膚。有的紅通通、閃爍著吸引人的紅潤光澤；有的雖然只是淺淺的橘紅，或淡淡的粉紅夾雜些許青綠，卻也都慢慢蛻變成光鮮的艷紅。

只有小綠，她躲在葉子底下唉聲

嘆氣。她的皮膚到現在仍然綠綠的，連一絲絲粉紅的色彩也找不到，使她很不開心。

「嗨！小綠。」蚱蜢從她的身邊跳過去，又跳了回來：「小綠姑娘，你躲在那裡做什麼？」

「我不要出去。」小綠說。

「為什麼？」蚱蜢整個頭都伸進來。

「他們都紅得那麼漂亮！只

有我沒有。」小綠嘟著嘴巴。

「原來是這麼一回事！別急，不久之後，你也會跟玫瑰花一樣紅，甚至比她們還要美麗呵！」

蚱蜢拉著小綠的手說：「出來晒晒太陽，跟我動一動、跳一跳，很快就會紅了。」

跳著跳著，小綠的臉頰果然泛起一層紅暈。

「妳看！妳變得粉紅粉紅了！」蚱蜢高興的說。

小綠覺得全身的細胞都跳起舞來了。

蚱蜢要小綠每天很早就起床，讓最新鮮潔淨的露水滴落在身上，等早晨的第一道曙光出現，才開始做運動。

蚱蜢的方法挺有用的，小綠的臉頰慢慢有點紅了。

有一天，當小綠在吸收露水時，發現旁邊的葉片晃個不停；她一抬頭，看見一隻紅蜻蜓停在葉片上。

「紅蜻蜓，你也在做運動嗎？」

「不是，我有點冷……」

紅蜻蜓一副瑟縮的樣子。

「會冷？現在是春天了耶！」

「因為我……我的……」紅蜻蜓掉過頭來，尾巴朝著紅草莓。

「好酷呵！你有個白尾巴？」紅蜻蜓的尾巴竟像一層白紗般透明。

「別說了！它讓我覺得涼颼颼的……」

「為什麼？」

「因為紅色就是我的衣服啊！」

「那你怎麼不給尾巴穿上衣服呢？」

「我太粗心了，忘記尾巴也得蛻變成紅

色。現在來不及了……」

「要是下起雨來，你會凍死的。」小綠有點擔心的說。

「如果有人願意給我一些紅顏色，就不會了！」

「那我去問問看，有誰願意？」

「不用了！我都去問過了，沒有人願意……」

露珠兒映照著小綠臉上的淡淡紅暈。她想了一會兒說：「用我的紅色好了！雖然只有一

點點，應該夠了！」

「不行！給了我，妳不知要等到什麼時候才能夠變紅？」

「別擔心，」小綠說，「我很快就會像紅玫瑰那般美麗！」

小綠用露珠滾過面頰，沾了一層粉紅色彩，然後把它滴在紅蜻蜓的尾巴上；一滴兩滴三滴……顏色越來越濃，白尾巴逐漸變成紅尾巴。

紅蜻蜓不再發抖了，他說：「好溫暖哦！」

「我忙了一個早上，也覺得熱烘烘的。」小綠說。

「咦！你的臉愈來愈紅了！」紅蜻蜓驚奇的大叫。

「真的？」小綠摸摸溫熱的面頰，又看到自己的手，也大喊：

「看！我的手！」她的手腳及身體，這時全都紅透了，非常好看。

「好美啊！」紅蜻蜓忍不住讚美。

小綠不敢相信的嘟囔著：「怎麼會？怎麼會？」

「你給我溫暖，你自己也覺得溫暖，所以就……」紅蜻蜓說，

「妳現在真是一個美麗的紅草莓啊！」

給小朋友的貼心話

小朋友，你知道草莓的果實剛長出來時是什麼顏色嗎？

故事裡的草莓小綠，雖然很想變成紅通通的草莓，卻不吝分享自己的顏色給紅蜻蜓。給人溫暖的同時，自己也會感受到無比的溫暖呵！

第八個太陽

風送給雲一雙直排輪鞋，雲很喜歡，常常在天空的廣場上溜啊溜。

她尤其喜愛繞著山頭轉圈圈，磨練技術。可是，她的技術不夠好，一不小心就撞上山壁，將雪白的衣裳弄髒，身上也青一塊、紫一塊的。

雲忍不住痛，不禁大哭起來。她的淚水

汩汩的往下滾，滾到地面，流進河溪；河溪裝不下，漫淹向四面八方。

小山豬每天吃完晚餐後就會出去散步。他今天走到海邊，海沙有點溫熱，踩下去滿舒服的。他瞇著眼睛走著、走著，感覺越來越熱；冷不防，一道金色光芒擋住去路。

「救命啊！」小山豬仔細一看，有個太陽被埋在沙裡面，掙扎著起不來。

「太陽先生，你迷路了嗎？」小山豬把太陽身上的海沙撥乾淨。

「謝謝你！呼！真舒服。」太陽伸伸腿，轉轉手臂。

「你家不是住在山後面那條巷子嗎？」

「不是啦！我是被后羿射下來的第八個太陽。以前一直沉在海底；最近風浪大，把我從海底給沖上來了！」

「那可好，有兩個太陽了！」小山豬拍著手說。

「天空有我兄弟頂著呢！」第八個太陽說，「我得另外找個地方去。」

「我們這裡是個好地方耶！你留下來嘛！」

於是，第八個太陽就住在小山豬隔壁。他待在無聊的海底太久了，想要活動一下，就跟小山豬說：「我們來開一家太陽餅店！」

小山豬腦筋還沒有轉過來，第八個太陽又說：「用我的光和熱烘烤的餅，既香又脆，滋味很特別呵！」

小山豬想像著又香又脆的太陽餅，口水禁不住的往下滴。

「第八太陽餅專賣店」招牌

掛了起來，買餅的隊伍每天都排得好長。

有一天，小山豬接到一通電話，是他住在另一座山腳下的遠親野豬打來的。

「我們出不去了啦！」電話那頭傳來野豬哭泣的聲音。

「你生病了嗎？」小山豬關心的問。

「不是啦！我們這裡的雲真愛哭，淚水把土地都淹沒了。」

「太陽先生呢？他沒有去勸勸雲姑娘嗎？」

「太陽先生被愛哭的雲嚇壞了，常常失蹤。」

小山豬掛了電話，跑去找第八個太陽。

「第八個太陽先生，你要不要兼差？」

「當然好嘍！」第八個太陽聽到可以回到天空，快樂得很。

知道了事情的經過之後，第八個太陽踩著彩虹的梯子上天，露出燦爛的笑臉，雲便不好意思再哭下去。看到雲不再哭了，風也來打招呼。

「風啊！」第八個太陽靠近風的耳畔說，「以後如果看到雲快要撞上山頭，快輕輕把她推開，免得她哭個不停。」

風直點頭，誰教他送直排輪鞋給雲呢？

給小朋友的貼心話

小朋友，你吃過真正的太陽餅嗎？你知道太陽餅是哪裡的名產嗎？

運動的時候要小心做好防護措施；否則，可能會像雲那樣受傷呵！

與夜貓子交換

小康康每天都賴在床上呼呼大睡，康媽媽得三催四請，他才瞇著眼慢吞吞的起床；他不喜歡上學，因為上學要早起，而且他經常趕不上校車。

今天在課堂上，他的

眼皮又不聽話的慢慢垂下；老師的臉晃來晃去，變成兩個、三個、無數個……

恍惚中，他好像看到面前站著一個貓臉人。他以為在做夢，再揉揉眼睛，真的是個沒有耳朵的貓臉在對他笑；有幾根細細長長的鬍子，兩顆虎牙尖尖的露出來。

不是做夢，老師和其他同學還在旁邊上課。「你……你是誰？」

康康結結巴巴的說。

「我叫夜貓子，我知道你很喜歡睡覺，想跟你做朋友。」

說到睡覺，小康康不禁瞪著那張貓臉，以為夜貓子在嘲笑他。

「不要生氣嘛，我是來告訴你可以在家睡覺、不必上學的方法的。」夜貓子說。

「什麼方法？」

「我討厭夜晚、喜愛白天，晚上不喜歡睡覺，愛到處去玩。所以我想，我的黑夜可以跟你交換白天；你愛睡多久就睡多久，我愛玩多久就玩多久。你說是不是很棒？」

「真的能夠這樣嗎？」小康康不太相信。

「當然可以嘍！」夜貓子翹起大拇

指，拿出一張小圖片說：「只要你願意，用我這張背景圖片就能夠把你的白天換給我。」

圖片上星星閃爍，掛著月亮，景物模模糊糊，是夜晚的景象。小康有點不相信，又有點心動。不要白天，可能嗎？不必上學、不必每天趕校車被同學嘲笑，最重要的，他高興睡多久就睡多久。哇！帥呆了。

「可是？」小康康想了一下說，「怎麼交換呢？」

夜貓子把圖片交給小康康說：「你帶回家，等到晚上十二點整的時候，偷偷的把圖片掛在日曆上面，遮住日曆的日期，我的黑夜就會永遠給你了。」

原本想睡的小康康，興奮得撐到晚上十二點，免得出差錯。十二點鐘響的時候，他跳了起來，拿著背景圖片，悄悄打開門，走到黑暗的客廳，慢慢摸到掛日曆的地方。

圖片真的蓋掉了日曆的數字，小康康興奮的回到床上。「可以好好睡覺了！」他在心裡大喊，舒服的閉上眼睛，很快入夢。

不知道睡了多久，小康康恍惚間聽到雞叫的聲音，從夢鄉回來，只見屋裡和窗外還是黑漆漆一片。真的有用耶！夜貓子並沒有騙他，他高興得翻了個身，又睡著了。

不知道又睡了多久，小康康再度被肚

子咕嚕咕嚕的叫嚷聲吵醒。肚子餓了！想要吃東西；吃完東西，他滿足的躺回床上。喔！再睡、再睡！

可是，小康康躺了半天，換了很多個姿勢；奇怪，怎麼都睡不著？

他想到睡不著的人數羊的故事，便從「一」開始數。一二三四五六七……數到第幾千隻，數到後來數目都混了，嘴巴也痠了，精神卻愈來愈好。

他跳下床，拿玩具出來玩；這些

玩具已經玩過一陣子，不好玩了。看漫畫書吧，漫畫書也都看過好幾遍，早就不新鮮。他愈來愈覺得無聊。

小康康忽然想到，如果他一直住在黑夜裡，怎麼能再和同學一起玩？

他有點害怕起來，趕快跳下床跑到爸爸媽媽的房門口大聲叫。然而，無論他叫得多大聲，爸爸媽媽還是睡得很熟。

他快要哭出來了，覺得自己好像會獨自一直待在黑夜裡，沒有人跟他講

話，更沒有人跟他玩；雖然不必去上學，卻也不想睡覺了。怎麼辦呢？他突然想到，也許學校現在是白天，同學都在上課呢！小康康決定到學校去，不然太無聊了。

穿好制服、背上書包，小康康走上往學校的大馬路。以前坐校車一下子就到的學校，今天怎麼走這麼久？而且四周好黑，很多路燈都沒亮。小康康害怕得哭了！

小康康一邊跑一邊擦眼淚，希望快點找到學校。終於看到學校大門，他高興的衝進去，眼前的景象卻讓他愣住。

學校裡面也是黑漆漆的，沒有人上課。同學們呢？

他大聲哭起來：我該怎麼辦呀？哭著哭著，他聽到另一個人的哭

聲。奇怪？是誰？怎麼哭得比他還傷心。他覺得好奇，卻也因還有其他人沒睡而高興。

他向著哭聲來源找去，看到校園的一角竟然照著陽光，一個人坐在樹下的石頭上，捧住臉大哭。

小康康跑過去拍拍他的肩頭說：「你怎麼了？」那人抬起哭濕的臉，原來是夜貓子！

夜貓子看見小康康，跳了起來，抓住他的手歡喜的說：「是你！真的是你！」

小康康一下子忘記自己的煩惱說：「你為什麼哭啊？」

夜貓子說：「自從我跟你換了白天，過得不快樂啊！太陽天天照著我，疲倦了也睡不著；看不到星星、看不到月亮，我好難過啊！」

「我也是！在黑夜睡飽了，不想再睡，可是其他人都沒睡醒，我自己一個人玩好沒意思；到處黑漆漆的，好可怕！我不要一直住在黑夜裡啦！」

「好啊！你把黑夜還給我，我不要交換了。」夜貓子急急的說。

聽到夜貓子說要回復到原來的樣子，小康康高興得跳著、叫著。

夜貓子跟他回家帶走圖片後不久，天色就漸漸明亮，康爸爸、康媽媽也起床了。

當康媽媽打開房門叫他起床，看到他已穿好制服、準備好書包，驚訝得眼睛和嘴巴都張得好大。小康康說：「媽，我今天要第一個到路口去等校車！」

給小朋友的貼心話

小朋友，你是不是跟小康康一樣，喜歡賴床呢？如果真的有「夜貓子」，你願意跟他交換嗎？

就像小康康後來體會到的：一直睡覺總會有無聊的時候，還是要學習和遊戲，疲倦的時候再適當的休息。這樣的生活才有意思啊！

誰撿到芽芽的微笑？

芽芽跟弟弟搶玩具，被媽媽罵，心裡一直很不高興，嘴唇翹得半天高。

看到小花貓正在逗弄玩具鼠，她想跟小花貓說說她的委屈；可是，她一靠近，小花貓竟嚇跑了。

「別跑呀！我想跟你說話呢！」芽芽呼喚著小花貓。

「唉唷！」小花貓卻說，「妳那副凶巴巴的樣子，誰看了都害怕。」

原來，芽芽的微笑不見了。

她孤獨的坐在院子前，一隻小狗搖著尾巴從她面前經過；她抬起手要摸摸小狗的頭，謝謝小狗的友善。

但是，芽芽的臉沒有微笑，讓小狗以為她要打牠，便夾著尾巴一溜煙躲開了。

芽芽呆在那兒。

「花兒，誰撿到我的微笑啊？」芽芽問。

花兒搖搖頭。

「草兒，誰撿到我的微笑啊？」

草兒也擺擺手。

「到底有誰撿到我的微笑啊？」芽芽大聲吶喊。

「妳的微笑丟掉了嗎？」猴子翻了好幾個跟斗過來，還調皮的擠眉弄眼，「要多少微笑，找我就搞定了！」

芽芽「噗哧」一聲；可是，很快又心煩了。

戴著大紅鼻頭的小丑，搖著波浪鼓走過來。

「嘻嘻，小姑娘，我給妳微笑吧！」

芽芽咧開了嘴，不一會兒就闔上了，「這不是我的微笑嘛！」她玩著小丑的波浪鼓，一旁的弟弟羨慕的看著。

「走開！去玩你的玩具啦！」芽芽的氣還沒消。

「姊姊，我不該搶您的玩具。」弟弟一鞠躬後說，「我向您道歉，您不要再生氣好嗎？」

「好啦！好啦！」芽芽笑了。

「弟弟從來沒玩過，」芽芽覺得，「該讓弟弟玩一下。」

「芽芽好乖！」媽媽誇獎她。

芽芽笑得更開心了。

她好高興呵！她的微笑沒有丟，只是藏在心裡面。

給小朋友的貼心話

故事中的芽芽，原本跟弟弟搶玩具，招來媽媽的責罵。後來弟弟勇於道歉認錯，她也敞開胸懷原諒弟弟，這樣的互動是不是很好呢？

小朋友，丟掉微笑的人，連小貓小狗都會遠離他唷！

吃掉詩句的露珠

驢子貝拉很愛讀詩；他每天清晨坐在窗口，朗讀著一本詩集。整座森林都豎起耳朵，靜靜的、陶醉的聆聽著。

咚！突然，一顆碩大晶瑩的露珠，跌入驢子貝拉的朗誦聲中，滾到詩頁裡面。

貝拉嚇一大跳，停了下來；只見露珠眨著彩色長睫毛，對他微笑。

「貝拉，你讀詩的聲音真美。」

「謝謝！」

「在我變成雲彩之前，教教我好嗎？」

「沒問題！請跟著我念吧！」

貝拉抑揚頓挫的讀了起來；露珠跟著搖頭晃腦，一字一句不敢遺漏。

森林又沉醉了！讀著讀著，貝拉看到一行行詩句，從詩集裡溜了出去，往露珠口中滑進去，讀過的詩集全變成一張張白紙。

「詩都被你吃掉了！」貝拉驚訝的說。

「怎麼會？我只是很努力的念……」

「我們沒有詩可讀了！」貝拉有點兒發愁。

「怎麼辦？」露珠歉疚的眨了眨彩色睫毛。

森林傳來聲聲嘆息。

陽光緩緩的走進森林。「多棒的天氣啊！你們為什麼不快樂？」

露珠羞赧的說：「詩集裡的詩被我吃光了！」

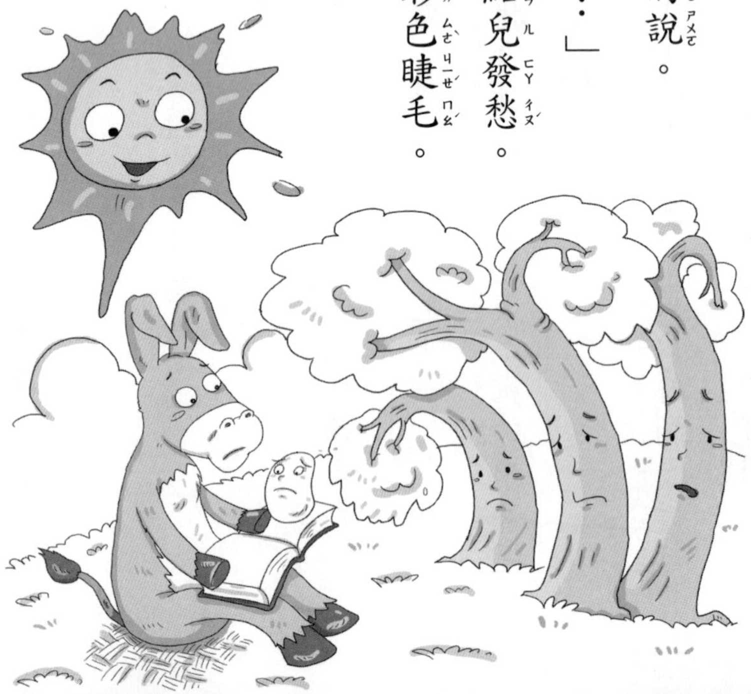

「哦！別煩惱，拉著我的衣襟，當漂亮的雲彩去吧！」

「不行耶！我要先想辦法，把肚子裡的詩吐出來。」

「別急，你帶著那些詩，編綴成雲彩的花邊，細織為雨霧的紗裙，將大地裝飾得更加美麗。」

陽光接著說：「貝拉，你那麼愛讀詩，一定會看見處處散布的詩句；拿一隻筆寫下來，你們又有詩可讀了！」

果然，貝拉每次仔細觀察天地的時候，都會被大自然的詩句感動。他不僅把被露珠吃掉的那本詩集填滿，還另外寫了好幾本。

一大清早，驢子貝拉音韻婉轉，又在讀詩了！整座森林又豎起了耳朵……

給小朋友的貼心話

小朋友，這個世界到處都充滿了詩句；細心的觀察生活周遭的事物，你也可以寫出有趣動人的詩句唷！

謝謝你！蛋糕

鮮奶油蛋糕被擺上了櫥窗，旁邊的核桃蛋糕羨慕的說：「好美的波浪奶油呵！」

「那上面的紅櫻桃真漂亮！」草莓蛋糕說。

「你看她的香草綠帶邊，好好看耶！」起司派也驚叫起來。

「我喜歡她的巧克力花。」乳酪餅說。

讚美的聲音此起彼落，像是軟軟的ＱＱ糖接連滾進鮮奶油蛋糕的喉嚨，甜滋滋的。

「謝謝！」她換了一個更優雅的姿勢，心裡不禁有些得意。看了一下四周，真的耶！整個櫥窗裡，她的奶油蓬裙最多層、最有花樣，裝飾也最美，每個進來的人都忍不住要多看她一眼。

「我一定會最先被買走！」她正得意的想著，一個小男孩跑進來指著她說：「媽咪！我們買這個！」

「太大了！我們吃不完。買草莓蛋糕好不好？你最愛吃的。」

草莓蛋糕高高興興的跟大家道再見。

鮮奶油蛋糕看著草莓蛋糕搶先一步找到主人，愣了一會兒，她安慰自己說：「沒關係，下次就該我了。」

很多人走到她的面前欣賞了許久，讚歎連連，卻拿起其它蛋糕去付帳。

起司派歡歡喜喜的揮手說「拜拜」；接著，乳酪餅和核桃蛋糕也樂不可支的被買走。

過了幾天，越來越少人讚美鮮奶油蛋糕了。她的波浪奶油變得有點垮垮的，櫻桃的顏色不再那麼鮮紅，只有巧克力花瓣還散發一絲絲香味。

有一天，店老闆說：「阿吉，你送麵包去育幼院的時候，把櫥窗的大奶油蛋糕一塊帶去。」

一大早，鮮奶油蛋糕還來不及跟櫥窗裡其他還在睡夢中的同伴道別，就上了阿吉開的小貨車，和一堆小麵包擠在一起。

她很失望。怎麼跟想像的不一樣？她

想像自己會被繫上蝴蝶結、包裝得很漂亮，跟著打扮得像小公主或小王子的小朋友坐上一部氣派又寬敞的大轎車。沒想到，她只是隨便被罩上一個紙盒蓋，搭的是阿吉的貨車。

鮮奶油蛋糕一路上垂頭喪氣。當紙盒蓋再度掀開，她眼前一亮，看到身旁圍了一群小朋友，七嘴八舌吵個不停。

「好大的蛋糕呵！」

「一、二、三、四、五，喔！五層都不一樣。」

「有水蜜桃，還有葡萄！」

「巧克力耶！」

「我最喜歡吃了！」

「我也是！」

這麼多可愛的聲音，使鮮奶油蛋糕的精神一下子又恢復過來。

「小朋友，聽我說！」一個大姊姊牽了一個小女孩靠近桌邊說，「今天是娃娃的生日，剛好大哥哥送來一個大蛋糕。棒不棒呀？」

「棒！」

「我們先唱生日快樂歌，再來切蛋糕好不好？」

「好！」

蠟燭點亮了，唱完生日歌，大姊姊要娃娃閉上眼睛許願。娃娃緊閉著雙眼，聲音卻大得讓所有的人都聽得見。

「蛋糕，我好快樂呵！我的願望已經實現了耶！昨天晚上睡覺的時候，我跟天使說，明天是我的生日，我希望能夠吃到一個又大又漂亮的蛋糕。妳今天就真的來了！我和大家都沒有看過這麼大、這麼美的蛋糕，我們好高興呵！謝謝你，美麗的蛋糕！」

鮮奶油蛋糕也覺得自己好幸福呵！能被這麼多小朋友喜愛與享用。

給小朋友的貼心話

小朋友，你有沒有吃過蛋糕？你喜歡什麼口味或什麼樣子的蛋糕呢？

本來以為自己沒人要的鮮奶油蛋糕，最後竟然受到那麼多小朋友歡迎，真是太讚了！

雞和蟒蛇

公雞咯咯很懶，什麼事都不做，一天到晚窩在家裡睡覺；早上也不起來練練嗓門，叫大家起床。要是他被別家的喔喔啼聲吵醒，還會嘰嘰咕咕臭罵人家一頓；然後把頭蒙進羽翅裡，蜷縮成一團，繼續睡大頭覺。

有一天，他醒來時發現全身被蛋殼包住，動彈不得。

「這是怎麼一回事兒？」他掙扎著大聲喊叫。

「你老是縮成一團睡覺，不如回來做一顆蛋吧！」蛋殼笑嘻嘻說

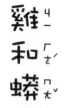

道。

「不要！不要！」他那色彩絢麗的羽毛衣，還有讓他雄糾糾、氣昂昂的鮮艷頭冠，都不見了！他跟蛋殼說了很多很多好話，不願意當一顆光溜溜的白蛋。

「你好好睡覺吧！嘻嘻。」蛋殼說。

咯咯只好動起腦筋來，這是他長這麼大以來第一次真正動腦筋。他滾到路邊，正好有一隻猴子經過。

「你願不願意把我孵出來？」咯咯說。

猴子摸摸蛋，耳朵湊近聽了聽說：「孵出來的會是什麼東西？」

「我是一隻大公雞。」

「雞？」猴子搔搔頭，齜牙咧嘴，「如果是一棵果樹，或許……我會考慮考慮。」猴子拍拍屁股，跳到樹上去了。

睡了太久的咯咯，實在想不

通，為什麼猴子不要一隻漂亮的大公雞？

狐狸豎著尾巴正在慢跑，咯咯趕快叫住他：「你想不想孵一顆蛋？」

狐狸左瞧右瞧，看了半天，問道：「你能孵出什麼來？」

咯咯希望這次可以成功，趕忙回答：「一棵果樹。」

「什麼？一棵果樹？要是一隻雞該多好！」狐狸舔了舔口水就走了。

怎麼會這樣？咯咯正要把腦袋瓜再清理清理的時候，一條蟒蛇不停吞吐著紅舌頭，滑到他的身邊。

「嗨！」咯咯說，「你希望我是雞，還是果樹？」

蟒蛇張著嘴、滴著口水：「嘿，嘿，無論你是雞還是樹，放進我口裡就對了！」

「放到你口裡做什麼？」

「吞進肚子孵蛋呀！很溫暖的！」

「那我被孵出來之後，會不會變成一條小蟒蛇？」

「嘿，你愈來愈聰明！可是，來不及了！」

不等蛋說話，蟒蛇的長舌頭一捲，蛋就滾入牠的喉嚨裡。

「嗯，實在美味啊！雞也許比蛋好吃；可是，我現在就肚子餓了啦！」他晃了晃腦袋，緩緩的爬走了。

給小朋友的貼心話

小朋友，愛睡懶覺的公雞咯咯最後到哪裡去了呢？

每個人都有自己的喜好與需求；你無須要求別人跟你一樣，卻也不必改變自己去符合別人的喜好呵！

奇木爺爺

美麗的地球上，有一個風景不錯的地方叫「奇木莊」。

「奇木莊」是一座不大不小的城鎮；不大是因為住民不多，不小則是土地廣闊，種滿了四季花木。「奇木莊」的第一位住戶，就叫「奇木爺爺」。

奇木爺爺是誰？

只要沿著「奇木莊」的第「909」條大道往前走……喔，「909」大道並不是說「奇木莊」開闢了九百零九條道路，而是

「奇木莊」市中心那條又直又長的大馬路，就叫「909」大道。

沿著「909」大道走沒多遠，你的視線很自然的會被路旁一棵超奇異的大樹吸引，更會對樹上那幢奇形怪狀的房子感到驚訝。

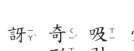

樹上垂下來一株鈴噹花；搖一搖鈴噹花，樹屋的窗口便會有人探出頭來大喊：「爬樓梯！」那個人就是奇木爺爺。

「奇木莊」沒有人不認識奇木爺爺。老老少少都讓他把過脈、看過舌頭，摸過額頭……賓果！你猜對了，奇木爺爺是一位醫生。當有人生病時，奇木爺爺經常三兩下，甚至才一下下，就將病治好了。無論任何人要上他家，都得爬那座木樓梯。奇木爺爺說，每個人都需要運動，所以還是乖乖的爬樓梯吧！

你一定以為奇木莊的大大小小經常生病，那你就錯了！其實，奇木爺爺大部分的時間都在照顧沒生病的人；他說，保持健康比病倒了再來找醫生來得有用，所以全莊人的健康都在他的掌握之中。

像赤兔寶寶老是想吃炸雞、薯條，奇木爺爺不準他們吃；要是不聽話，每天就得爬奇木樓梯一百次，偷懶的人還要加倍。要是奇木爺爺太忙，沒有空盯著他們，奇木爺爺的助手鷓鴣鳥小姐就會跟在寶寶們身邊，嘀嘀咕咕的叫他們寫飲食日記。

赤兔寶寶們只好乖乖的聽奇木爺爺的話，每天寫飲食日記；吃了什麼、喝了什麼、吃了多少、喝了多少，全部記下來。喝了可樂或汽水的寶寶可慘了，爬完樓梯還得多喝

一千西西白開水。

奇木爺爺說，白開水是非常好的飲料，亂喝其它飲料對身體有害。

上次花豹弟弟亂喝亂吃，結果吃進含有化學成分的東西，害得頭髮掉光光，出門都得

戴一頂帽子或綁一條頭巾。

奇木爺爺還要寶寶們吃一些紅蘿蔔、白蘿蔔、綠蘿蔔、紫蘿蔔、藍蘿蔔……他說，吃了彩色蘿蔔，寶寶們腦袋想出來的點子，一定是色彩繽紛、充滿創意；不像現在，只知道吃炸雞、薯條，不愛吃別的食物。

給小朋友的貼心話

小朋友，奇木莊裡的奇木爺爺是不是很有趣呢？維持營養均衡跟運動，才是預防生病的正確方法呵！

也許你從來都沒有為自己做一份飲食紀錄；現在就幫自己做一個星期的飲食紀錄吧！你一定會有驚人的發現。

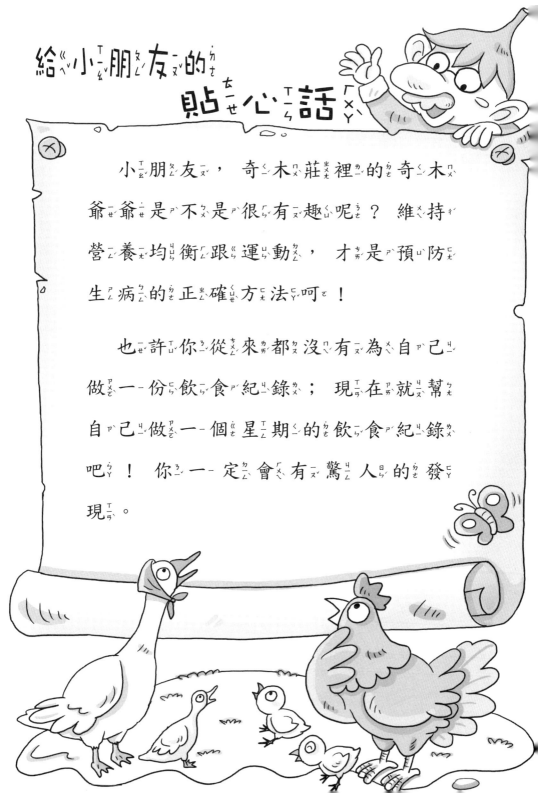

六公斤先生

「鈴！鈴……」有一天，奇木爺爺家的電話鈴聲忽然大響。奇木爺爺接起電話，從聽筒裡傳來櫸樹小姐的聲音：「救命啊……我肚子好痛……」

「妳不要慌，我馬上過去！」奇木爺爺領著助理鷓鴣鳥小姐衝到櫸樹小姐的家，櫸

樹小姐正捧著肚子叫疼。

「到底是怎麼回事？讓我看看……」奇木爺爺皺起眉頭，對鷓鴣鳥小姐說：「去把我的『閃電透視鏡』拿來。」

奇木爺爺的「閃電透視鏡」超犀利靈敏；只要銀光一閃，就能把想看的東西照得一清二楚。

鷓鴣鳥小姐搬來「閃電透視鏡」，奇木爺爺按下紅色按鈕，馬上一道道紅光及銀光閃亮，螢幕上隨即出現一幕幕畫面。

畫面穩定後，出現一座圓型城堡；城堡裡面好像有許多頭扁扁、眼睛凸凸、嘴巴翹

翹的奇怪人兒在走動。

奇木爺爺在鍵盤上敲了一串文字進去：「你是誰？」

另一串符號像跑馬燈般從圓型城堡跳出來，秀在螢幕上；經奇木爺爺的解讀，意思是：「我是六公斤先生，你可以打電話跟我談。」隨後快速跑出一連串數字。

「快記下來！」鷓鴣鳥小姐趕快記在她的電腦筆記本裡。

奇木爺爺馬上撥通電話：「你是什麼人？怎麼可以隨便占據別人的身體？」

「嘻嘻，我找不到地方住嘛！還好發現這個溫暖又有生長的空間，能夠養育我的子孫，棒呆了！你是誰？管得著嗎！」

「我是奇木爺爺，所有奇木莊的大小事兒，我都管得著。聽著，限你在一個鐘頭內搬離櫸樹小姐的肚子，否則別怪我不客氣！」

「我在這裡住定了！你想怎麼樣，隨便你！」

「好，你再這樣固執，我可要動用我的『手術千變刀』，可別說我沒有先告訴你。」

「什麼『手術千變刀』？聽都沒聽過，嚇唬誰啊！你以為我六公斤先生這麼好嚇嗎？哼！」

「你到時候再求我就來不及了！」奇木爺爺氣呼呼的把電話掛斷。「我得想辦法把這些壞蛋趕走。櫸樹小姐，別擔心，我會幫妳。」

奇木爺爺在城堡圖像前仔細看了一下說：「這個城堡好像很堅固；還好，它的地基打得並不深，要拆了它應該不難。但是……」奇木爺爺拿出「超電波放大鏡」仔細瞧了又瞧，每

一個部位都不放過。

「不過，我不會破壞他的城堡，還是給他留點兒餘地吧！」他又對著六公斤城堡的圖形，研究一番：「我應該整個移動它，把它放到一個適當的地方去。」

「或許可以擺到公園的博物館，給大家欣賞。」鷓鴣鳥小姐說。

「我們得先將他們趕出來，再來決定怎

麼做。我的『手術千變刀』呢？」

「我把它們放進『刀刀相扣斷層鑄刀器』裡面，重新打造成『萬變刀』，絕對能夠讓六公斤先生怕得乖乖搬家。」鷓鴣鳥小姐自信滿滿的說。

奇木爺爺還叫鷓鴣鳥小姐準備一些「不會做夢快睡露水」，灑在櫸樹小姐身邊，讓櫸樹小姐快快睡著，免得她被六公斤的醜怪長相嚇壞了。

奇木爺爺率領他的助手，在六公斤城堡的前面建造起一條萬里長城般的台階，要讓六公斤先生和他的子民，在櫸樹小姐連半個夢都未形成之前快搬家。

六公斤先生卻一點都不在乎，還叫他的子民將城堡周圍的大河溝，灌滿紅通通的「讓你恐怖河水」，然後悠哉悠哉的坐在城堡的花園裡喝咖啡。

奇木爺爺才不會被「讓你恐怖河水」給嚇著呢！他要鷓鴣鳥小姐用「反恐怖吸水鉗」把「讓你恐怖河水」全部吸乾；接著用「手術萬變刀」一支支的越過重重台階，包圍六公斤城堡。

六公斤先生怎麼可能不反抗？然而，等他舉起六公斤大斧準備全力一戰時，還是慢了一步，城堡的地基已經整個被移動了。

鷓鴣鳥小姐依照奇木爺爺的吩咐，將六公斤先生和他的子民送到博物館去。

櫸樹小姐恢復了健康，越長越茂盛。

奇木爺爺依舊為大家的健康忙碌著。如果你有機會從「奇木莊」經過時，不妨去找奇木爺爺把把脈嘍！

給小朋友的貼心話

樹木受到病蟲害就會生病，而需要樹醫生的診治。人體一旦遭受細菌、病毒的侵入，也會生病，同樣需要醫生細心診療。所以，生病時一定要和醫生充分配合，才能快快恢復健康呵！

有句話說：「預防勝於治療。」你知道哪些預防疾病的方法呢？你都有確實去做嗎？

這篇故事是作者將她的癌症開刀過程擬人化所寫出來的故事。

小咕雞和小呱鴨

一大清早，風兒出門散步，踢到幾個鳥兒唱出的音符，便用燈芯草串了起來當做滑輪鞋，玩得不亦樂乎。

風經過咕咕雞的家，聽見咕咕雞的尖嗓門：「好難聽唷！再來一次！」

風進了咕咕雞家的大門一看，原來是小咕雞在學說話。

「要像這樣！」咕咕雞媽媽尖尖的嘴喙越噘越像一隻掛東西的吊勾。

小咕雞學著噘；可是他的嘴喙長得跟媽媽不一樣，再怎麼噘都是薄薄扁扁的。

「小咕雞，你的嘴巴有點奇怪？」風說。

「風呀！你看我們家孩子有問題對不對？」

「看起來像是小呱鴨。」

「那麼漂亮的蛋，竟然長成一隻鴨，怎麼辦哪？」雞媽媽摸著小

咕雞的面頰蹙眉說。

「去找奇木爺爺吧！」風說。

風兒滑進「909」大道時，一隻戴花領結的鴨子領著一群大鴨小鴨停在路邊，對風大喊：「你好！我是呱呱鴨爸爸，我們想去奇木爺爺家看病，可是迷路了。」

「問我就對了！跟著我。」

風帶呱呱鴨一家到了奇木樹下，說：「你們直接進去吧！」風為他們拉響了鈴噹花門鈴。

大鴨小鴨爬上樓梯走進候診室，把小小的候診室幾乎擠滿，鷓鴣鳥小姐頭都昏了。

奇木爺爺坐在診療桌後面，從滑下的眼鏡瞧著擠進診療室的一群大鴨小鴨：「誰生病了？」

「我的孩子。」呱呱鴨找了一下，找出那個躲在鴨群裡的孩子。

奇木爺爺掛上聽診器，懷疑的說：「你確定他是你的小孩？」

「是啊！不然你問我太太。」

「真的呀！我的孩子們都可以

證明。」呱呱鴨媽媽指指身後的大鴨小鴨說。

大鴨小鴨齊點頭。

「可是……」奇木爺爺瞧了瞧呱呱鴨，又看了看呱呱鴨的孩子，然後說：「他是一隻小咕雞耶！」

「我們就是為這件事來的……」呱呱鴨媽媽憂心的說：「我花了很多心血孵出來的小孩，怎麼會變成一隻雞？」

「真的比較像咕咕雞家的小孩。」奇木爺爺說。

「的確是我生的蛋呀！」鴨媽媽緊緊抓住小雞的手。

「這就怪了！」奇木爺爺晃晃腦袋瓜說：「怎麼會……妳有沒有聽了或吃了什麼不好的東西？」

呱呱鴨媽媽快哭了：「沒有……」

「嗯……」奇木爺爺對他們說：「你們先回去吧！這個問題我得再調查一下才行。」

沒得到答案，呱呱鴨一家人垂頭喪氣的回去了。

在回家路上，鴨爸爸忽然看到奇怪的景象，馬上大叫：「來人啊！有人偷蛋啊！」原來，有

一條小蟒蛇正在偷吃鵝蛋。鵝媽媽聽到聲音跑出來，看見小蟒蛇張大著嘴巴，一顆蛋卡在他的喉嚨，上不上、下不下的。

「天啊！那個是我的蛋……我的……」鵝媽媽指著小蟒蛇，嚇得說不出話來。

大鴨小鴨和火雞先生都

跑了過來：「臭蟒蛇！你又偷吃蛋了！」火雞嚷嚷著說。

「誰快來救我的寶寶呀？」鵝媽媽的長脖子幾乎伸進小蟒蛇的嘴巴裡面。

「別急、別急！你們看著，別讓他吞了。我去找奇木爺爺。」火雞先生飛也似的跑走了。

大家圍住小蟒蛇，不讓他溜掉。

奇木爺爺提著出診箱來了。一看到小蟒蛇就說：「又是你！」邊說邊倒了一杯「潤滑糖蜜水」給小蟒蛇喝下，然後要小蟒蛇低頭，在小蟒蛇的脖子上搔了一下癢；小蟒蛇猛然咳了起來，鵝蛋便滑到了鵝媽媽的手上。

小蟒蛇大大吐了一口氣說：「差點兒噎死我了！」

「上次就警告過你不可以再偷吃蛋，你不聽！下次我們都不管你，讓你……」

奇木爺爺突然想起什麼似的：「對了！火雞先生，上次他偷吃了誰的蛋？」

「上次？小蟒蛇上次偷吃的……好像是小咕雞

家……和小呱鴨家的蛋！」火雞先生說。

「我還給他們了呀！」小蟒蛇急忙說。

「你確定？」奇木爺爺大聲問。

「真的啦！火雞先生要我送回去，我就送了啊！可是……」小蟒蛇支支吾吾的。

「可是什麼？快點說！」奇木爺爺催促著。

「我怕被他們罵，所以只有偷偷放回去，沒告訴他們。」

「那麼，你兩個蛋放對了嗎？」火雞先生說。

「兩個蛋長那麼像，我哪知道誰是誰呀？」

「我懂了！」奇木爺爺說，「你把蛋放錯了！所以小咕雞變成小呱鴨。」

於是，呱呱鴨家多了一個孩子，咕咕雞家也多了一個孩子，兩家人就這麼互相來往，突然間多出許多親戚，他們都好高興啊！

給小朋友的貼心話

小朋友，你分得出雞蛋跟鴨蛋的差異嗎？有機會的話，仔細觀察一下有何不同呵！

鴨都能照顧雞的孩子，雞也能照顧鴨的孩子；人與人之間如果不能相互關懷、照顧，是不是太遜了？

小號角貝殼

在一片白色的沙灘上，一隻小號角貝殼，正向著藍天噘著嘴巴，跟海浪學習吹口哨。

「不對！不對！」海浪一直搖頭，「嘴巴要留一條縫，像這樣……」海浪吸了一口氣，緩緩的吹了起來；優美動聽的口哨聲，沿著沙灘傳得好遠好遠。

小號角貝殼又換了一個方式，還是吹不成。失敗太多次了，也吃了不少海沙，它氣餒的垂下頭：「我學不會的。」

「不會啦！只要你喜歡，有耐心，一定能夠學會。」

「好吧！」小號角貝殼再度噘起嘴唇，仔細學習海浪的模樣，輕輕的吹著。

「有那麼一點樣子了！」海浪拍拍小號角貝殼的肩膀說，「再吹，再吹……」

一再練習之後，吹出來的口哨聲果然不一樣了；不僅音色美，

也有婉轉的旋律。小號角貝殼日日夜夜吹個不停，他真的愛上口哨聲了。

這一天，小號角貝殼的口哨聲在沙灘上迴繞著；突然間，一隻企鵝鑽出打上岸的波濤，波濤的中間有一扇打開的藍色門扉，門內閃晃著紅色的光芒。

企鵝走到小號角貝殼的面前，鞠躬之後說：「貝殼先生，我家主人要我來謝謝你！」

「你家主人是誰呀？為什麼要謝我？」小號角貝殼瞪大眼睛說。

「我家主人是珊瑚女孩，她喜歡聽你的口哨聲。」

「真的嗎！我好高興。」

「我家主人想請你到珊瑚海屋一趟。」

「珊瑚海屋？好玩嗎？」

企鵝還沒有回答，海浪先說話了：「去吧！貝殼，珊瑚女孩是一個可愛的女孩。」

小號角貝殼跟著企鵝走向藍色的門，紅色光芒一閃一閃的，像是在歡迎他們。

沒多久，他們看到一座巍峨的珊瑚海屋，門

口站了兩隻舞動著尖利長螯的大螃蟹；企鵝用力搧了兩下翅膀，螃蟹便打開大門退到兩邊去。

他們穿越一座奇大無比的庭園，除了看到幾叢水草之外，剩下的就是一團團灰灰黑黑、不知道是什麼玩意兒的東西，在那兒動來動去。

有一位女孩坐在窗畔鋪了軟墊的椅子上，看起來非常不快樂；小海馬靠著蠟燭的光，正在讀書給她聽。她就是珊瑚女孩。

「你來了！我好高興呵！」見到小號角貝殼，珊瑚女孩暗淡的藍色眼睛稍微亮了一點。小海馬闔上書本，退了出去。

小號角貝殼瞥見那是一本有關口哨的書。

「請坐！」企鵝說。翅膀搧著旁邊一塊形狀像椅子的石頭。

「你的口哨聲真美，每天我得聽著它，晚上才能睡得好。你知道為什麼嗎？」珊瑚女孩說。

小號角貝殼搖搖頭。

「因為，動聽的口哨旋律，帶給我無比的希望。」珊瑚女孩摸摸有點枯黃焦乾的頭髮，眼裡閃著光；「我們珊瑚家族在海底已經住了幾千幾萬年了。但是，自從有一種叫『人類』的怪物靠近了海洋，靠近了我們的家，我們的日子就難過了。」

珊瑚女孩嘆了一口氣，繼續說：「『人類』常常以為他們是宇宙的主宰，不管別人的死活，便把他們不要的髒東西、毒東西、往別人的家園丟；我美麗的家園和家人，全被一層毒罩給罩住了。」

珊瑚女孩流下了眼淚：「還剩一個月的時間，要是我沒有救他們

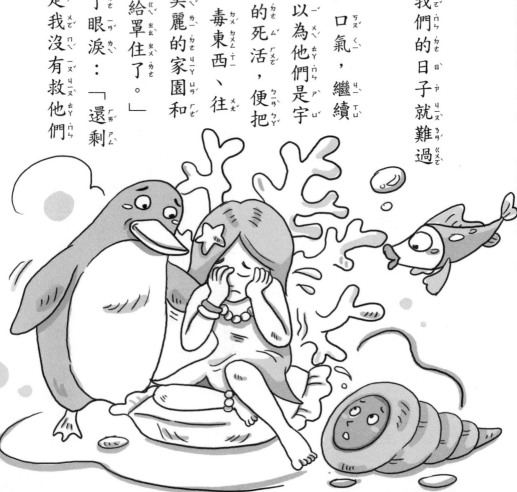

出來，我們珊瑚家族就會全部毀滅。」珊瑚女孩雙手掩著面，不斷抽泣；一旁的企鵝用翅膀護著她。

「為什麼只剩一個月？」小號角貝殼也感同身受的說，「我們沙灘也是被破壞得一塌糊塗，我的一些鄰居受不了，只好搬到離人類怪物遠遠的地方躲起來。」

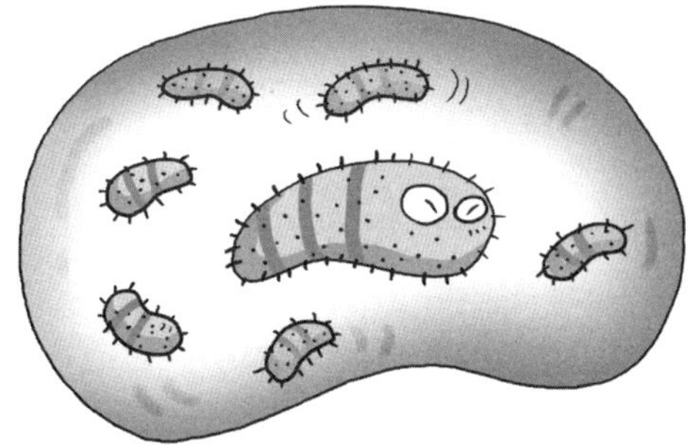

「人類怪物的大毒罩裡面，灌滿了致命的毒氣蟲；要是遇到夏天的熱空氣，就會統統跑出來。」珊瑚女孩憂戚的說。

「毒氣蟲都跑出來，後果是怎樣，你可以想像的。」企鵝接著說，「再一個月，夏天的炎熱空氣就

要來了。」

「那怎麼辦？」小號角貝殼緊張的問。

「我們想請您幫忙！」珊瑚女孩擦乾眼淚說。

「我能夠幫什麼忙？」

「大海洋之母告訴我，只要找到開啟大毒罩的鑰匙，我的族人就有救了。」

給小朋友的貼心話

小朋友，你曾在沙灘上撿過貝殼嗎？將貝殼放在耳朵邊，就會聽見海浪的聲音呵！

看看你的附近，是否也能感受到人類製造的環境汙染呢？為什麼會造成這樣的結果？

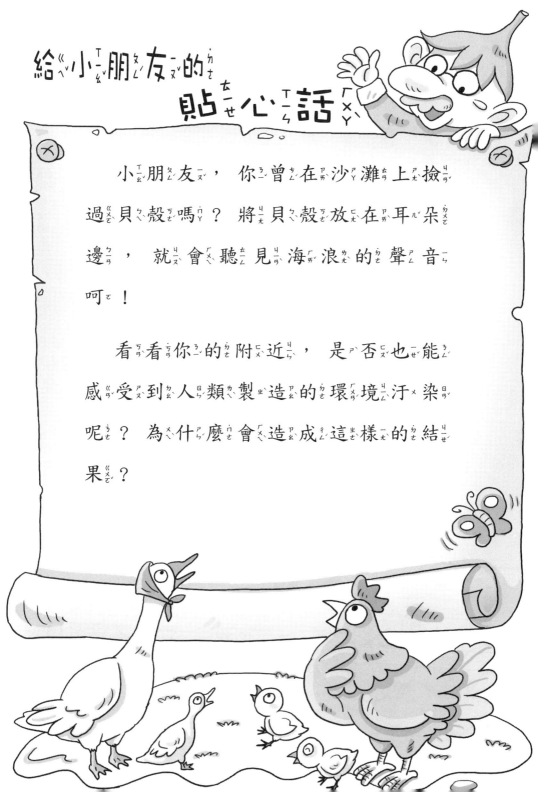

大毒罩的鑰匙

「大毒罩的鑰匙藏在那裡？」

小號角貝殼問。

「海洋之母說，一首能夠打動人類心靈的海浪樂曲，就能打開大毒罩，它就是鑰匙。它開啟了人類的心靈美善之門，就不會破壞美麗的世界。

「可是，海浪也被毒罩弄傷了，他沒有足夠的力氣

吹出可以打動人心的樂曲。所以，當我聽見你美妙的口哨聲跟海浪那麼相似的時候，你知道我有多高興嗎？」珊瑚女孩興奮得臉都紅了。

「可是……我吹得還不夠好耶！」

「我覺得你每天都在進步；海浪也說你很用功、很有毅力，你總有一天會超過海浪的！」珊瑚女孩說。

「那時候，你就是我們的鑰匙。」企鵝熱切的說。

小號角貝殼想了想說：「我很願意幫你們

忙，不只是為了珊瑚家族，也為了我的家和整個海洋鄰居；只是，我擔心會讓你們失望。」

「我相信你一定會成功！來，我帶你去看一樣東西。」珊瑚女孩說完，便牽著小號角貝殼的手，穿過側邊的門，來到花園那一團團灰灰黑黑的東西面前。

「你看！」小號角貝殼順著珊瑚女孩手指的地方望去，嚇了一跳；那一團

不停蠕動的東西上面，竟然有一個大耳朵，可是卻沒有洞。

「每一個大毒罩都有一個耳朵，耳朵通到人類的心門；只要你的音樂能夠穿透其中一個叫『心靈之耳』的耳朵，所有大毒罩的耳朵都會自動打開。」

「問題是……」珊瑚女孩帶歉意的說，「沒有人知道哪一個是心靈之耳。要是沒找到心靈之耳，你就得針對每一個耳朵的不同喜好，它們才會開耳傾聽。這樣一來，我擔心你最後也會被大毒罩傷害。」

小號角貝殼愣了半晌才開口：「我要怎麼做，比較容易找到心靈的耳朵？」

「我也不曉得。海洋之母說，『人類怪物』很複雜、很刁鑽，他們的心靈之耳很難找。我和企鵝會陪著你找的。」珊瑚女孩的表情很不安。

小號角貝殼想了想，安慰珊瑚女孩說：「別擔心，還有三十天的時間，一定可以找出心靈之耳的。」

小號角貝殼開始吹起了口哨；他跟海浪學了不少首曲子，他一首首的用

心吹，從早到晚，一遍又一遍。他覺得，每一回吹出來的感覺都不相同。

然而，那一個個沒有洞的耳朵，絲毫不受影響，依然僵硬的貼在那些蠕動的大毒罩上面。

第二十九天，珊瑚女孩仍不放棄希望；但是，依舊不變的大毒罩和耳朵，讓她感到希望渺茫。

「妳聽！」企鵝忽然大叫。是小號角貝殼的口哨樂曲變了樣；從以前的柔美悠揚，轉為海浪似的律動，裡面有著波濤澎湃的生命。

「妳看！」企鵝又叫了。他高興的指著一枚耳朵，靠近耳垂的地方一顫一顫的跟著樂曲跳動，耳朵的中央慢慢的出現一個洞。

接著，連其他的耳朵也都跟著開出大小不一、有如花朵般的洞。哨音仍然游盪在四方，彷彿海濤的漩渦，大毒罩和耳朵也隨著旋轉起來；灰灰黑黑的顏色愈轉愈淡，最後變成透明狀，溶入海水中。花園裡一簇簇的珊

瑚家族開始伸展手腳，顏色也亮麗起來；白色的白得純淨無瑕，紅色的紅得鮮豔欲滴。珊瑚海屋的灰暗一剎那間全不見了，整座海屋煥發著絢麗的光彩；連珊瑚女孩也變了樣，藍色眼睛清澈晶亮，枯黃的頭髮變得紅豔動人。

「這是我爸爸。」珊瑚女孩將珊瑚屋主介紹給小號角。

「小號角貝殼，你幫了好大的忙！讓我們珊瑚族群得以繼續繁衍下去。為了感謝你，我們決定將最漂亮的那間珊瑚海屋送給你。」珊瑚屋主說。

「不用客氣啦！我的本事是海浪教我的。很高興你們全都平安無事。」小號角貝殼笑著說，「我要回到沙灘上了，那裡才是我的家。」

「你要常來看我們唷！」珊瑚女孩依依不捨的說。

小號角貝殼揮揮手，和企鵝走向紅色長廊。到了入口，他回過身來大聲說：「我會來看你們的！」

給小朋友的貼心話

小朋友，知道可以打開大毒罩的鑰匙是什麼了嗎？

希望人類能夠被大自然的美麗及樂音感動，不要再破壞及汙染大自然了；否則，人類這個「大家族」也會滅亡的！

國家圖書館出版品預行編目資料

快樂獅子王／陳一華／作；張眞輔／繪—
初版.—臺北市：慈濟傳播人文志業基金會
.2008.12〔民97〕272面；15X21公分

ISBN 978-986-6644-09-2 (平裝)

859.6 97025514

故事HOME 18

快樂獅子王

創辦者	釋證嚴
發行者	王端正
作者	陳一華
插畫作者	張真輔
出版者	慈濟傳播人文志業基金會
	11259臺北市北投區立德路2號
客服專線	02-28989898
傳真專線	02-28989993
郵政劃撥	19924552 經典雜誌
責任編輯	賴志銘、高琦懿
美術設計	尚璟設計整合行銷有限公司
印製者	禹利電子分色有限公司
經銷商	聯合發行股份有限公司
	新北市新店區寶橋路235巷6弄6號2樓
電話	02-29178022
傳真	02-29156275
出版日	2008年12月初版1刷
	2014年4月初版6刷
建議售價	200元